학교에서 로봇 키운 건 비밀이야!

문학의 즐거움 73

학교에서 로봇 키운 건 비밀이야!

초판 1쇄 인쇄 2025년 1월 31일
초판 1쇄 발행 2025년 2월 14일

글 나가츠키 아리스 **그림** 사카이 사네 **옮김** 모카

펴낸곳 도서출판 개암나무(주)
펴낸이 김보경
경영관리 총괄 김수현 **경영관리** 배정은 조영재
편집 조원선 김소희 오은정 이혜인 **디자인** 이은주 **마케팅** 이기성
출판등록 2006년 6월 16일 제22-2944호

주소 서울특별시 용산구 한남대로40길 19, 4층(한남동, JD빌딩) (우)04417
전화 (02)6254-0601, 6207-0603 **팩스** (02)6254-0602 **E-mail** gaeam@gaeamnamu.co.kr
개암나무 블로그 http://blog.naver.com/gaeamnamu **개암나무 카페** http://cafe.naver.com/gaeam

ROBOT NO TAMAGO O HIROTTARA
Text Copyright © Alice Nagatsuki 2024
Illustrations Copyright © Sane Sakai 2024
All rights reserved.
Originally published in Japan in 2024 by Poplar Publishing Co., Ltd.
Korean translation rights arranged with Poplar Publishing Co., Ltd.
through Shinwon Agency Co., Ltd.

ISBN 978-89-6830-856-7 73810

KC | **품명** 아동 도서 | **제조년월** 2025년 2월 14일 | **사용연령** 11세 이상
제조자명 개암나무(주) | **제조국명** 대한민국 | **전화번호** 02-6254-0601
주소 서울특별시 용산구 한남대로40길 19, 4층(한남동, JD빌딩)

학교에서 로봇 키운 건 비밀이야!

나가츠키 아리스 글

사카이 사네 그림

모카 옮김

🌳 개암나무

차 례

모든 것에는 이유가 있다

모든 것에는 이유가 있다.

예를 들면 우주 비행사는 종이 기저귀를 찬다. 우주선이 발사되거나 우주선 밖에서 활동하는 동안, 12시간 가까이 화장실에 가지 못할 때도 있기 때문이다. 현재로서는 종이 기저귀를 차는 게 유일한 방법이다.

태풍이 부는 날, 재래선*은 운행을 중단해도 신칸센*은 운행하는 경우가 있다. 신칸센은 고속 주행용으로 설계되어, 재래선에 비해 바람에 강하기 때문이다.

이처럼 나름의 이유가 있는 것들을 나, 자이젠 코우는 '당

재래선 일본의 신칸센을 제외한 철도.
신칸센 일본의 고속 철도.

연함의 법칙'이라고 부른다. 법칙에 따라 움직이는 세상은 책장에 책이 한 권도 튀어나오지 않고 종류별로 가지런히 꽂혀 있는 것처럼 정갈하고 아름답다.

　나는 아빠의 전근으로 이곳 나고야 근교로 이사오는 것까지 포함해 두 번 전학을 갔다. 하지만 대화가 잘 통하는 상대를 만난 적이 없어 꽤 아쉬운 나날을 보냈다. 그래서 올해 초 5학년 3학기가 시작할 무렵, 이곳에 이사 오면서는 혼자 잘 지내보기로 마음먹었다. 4월에는 6학년으로 진급했고, 전학을 온 지도 4개월이 지나 5월이 됐지만 특별히 문제는 없었다.

　가족들은 이런 나를 전혀 이해하지 못한다. 나보다 키가 훨씬 크고 항상 잘난 체하는 한 살 많은 나오 누나도 그렇다. 누나는 나와 정반대라 판타지를 무척 좋아한다. 나는 나무가 갑자기 말하거나 걸어 다니면 공포스러울 뿐이다. 누나와 나는 물과 기름 같은 관계다.

　마침 누나가 좁고 낡은 사택으로 돌아왔다. 남향인 다다미* 여섯 장 크기의 방 두 칸 중 한 칸은 누나 차지다. 내 방은 다다미 네 장 반 크기인데, 북향이라 5월인데도 썰렁하

다다미 마루방에 까는 일본식 돗자리.

다. 복도도 없이 달랑 창호지 문 하나를 사이에 두고 부엌 쪽에는 욕실, 화장실 쪽에는 현관이 있어서 누가 어디에 있는지 바로 알 수 있다.

"아아아!"

누나의 비명 소리가 좁은 집 안에 울려 퍼졌다.

"이게 뭐야!"

부엌에서 튀김을 하던 엄마가 "이웃에 민폐야. 조용히 해!"라고 주의를 주었지만, 누나는 무시하더니 문이 삐거덕거릴 정도로 내 방문을 세게 열었다.

"네가 그랬지?"

누나는 눈을 매섭게 치켜뜨고 목소리를 높였다.

"뭘?"

"이거 말이야, 이거! 내 펭짱을 이렇게 만들다니!"

누나는 손에 손바닥만 한 펭귄 인형 키 링을 들고 있었다.

"아, 그거."

"그거라니! 그렇게 부르지 마!"

저 인형은 오늘 아침 학교에 갈 때, 집을 나서면 바로 보이는 계단 층계참에 떨어져 있었다. 단체 등·하교 하는 아이들에게 물어보았지만, 주인이 없었다. 하교 후 엄마에게도 물어보았지만 모른다고 했다.

태그에 '배를 누르면 말해요!'라고 적혀 있었지만, 눌러도 반응이 없었다. 고치려고 배를 열었는데, 남쪽 방에 있는 TV에서 수소 전지에 관한 뉴스가 들려왔다. 내용이 궁금해 인형을 테이블 위에 두고 갔었다.

누나는 배 속의 둥근 음성 장치가 훤히 드러난 인형 키 링을 손에 꽉 쥐고 있었다. 목소리가 떨렸고 얼굴은 새빨갰다.

"사에가 준 소중한 우정 인형이란 말이야. 배를 이렇게 갈라놓다니! 제정신이야? 이 정도면 병이야!"

누나는 침을 튀기며 마구 소리를 질렀다.

"고장 나서 고쳐 주려던 건데 말이 심하네."

누나는 가뜩이나 큰 눈을 더 크게 치켜떴다.

"뭐? 그런 건 주인에게 동의를 얻고 해야지!"

"주인이 누군지 몰랐으니까."

누나 말에 내가 대답했다.

"어디에 있었는데?"

"계단 층계참에."

"그럼 이 사택에 사는 사람 중에 주인이 있을 거 아니야?"

"물론 물어봤지. 단체 등·하교 하는 애들이랑 엄마한테. 중학생의 물건이라고는 상상도 못 했으니까."

누나는 입을 시옷 자로 구부리고 눈을 가늘게 뜨며 턱을 치켜들더니, 나를 비스듬히 위에서 아래로 훑어보았다. 그러고는 더 화가 난 목소리로 말했다.

"지금 나 비꼬았지? 분명해!"

"근데 그걸 고쳤다면, 나한테 고마워하지 않았을까?"

"소리는 안 나도 상관없어! 사에랑 같이 샀다는 게 중요하지!"

누나는 머리를 마구 쥐어뜯었다.

"게다가 미안하다는 말 한마디도 없었잖아. 그러니까 친구가 없는 거야!"

"없는 게 아니라 만들 생각이 없는 거야. 오해하지 마."

"이거 봐. 또 말도 안 되는 억지!"

누나는 학교에서는 내숭을 떠는지 이사 오기 전에 다녔던 초등학교에서 학생회 회장을 할 정도로 인기가 많았다. 나는 "자이젠, 나오 동생이지?"라는 말을 들을 때마다, "잘못 보셨어요"라고 대답했다.

"나는 다른 사람의 감정을 잘 헤아리고 행동해. 드라마를 볼 때도, 내가 주인공이 된 것처럼 감정을 이입하면서 함께 울고 웃고 감동한다고. 넌 그런 경험 없지? 그러니까 친구를 못 사귀는 거야!"

"드라마는 허구일 뿐이라고."

누나는 고개를 흔들며 말했다.

"같은 검은 테 안경을 썼는데, 명탐정 코난이랑 어쩜 저렇게 다른지. 교묘하고 전혀 솔직하지 않아!"

그때 누나 뒤에서 엄마의 목소리가 들렸다.

"자, 얘들아. 이제 그만."

튀김이 다 된 모양인지 지글지글 익어 가던 소리가 들리지 않았다.

"나오는 곧 학원 갈 시간이지? 저녁 먼저 먹고 갈 거면 바로 준비해 줄게."

"괜찮아. 다녀와서 먹을게."

누나는 마침내 방문 앞에서 물러났다.

올해 봄, 누나는 중학교에 입학하면서 학원을 다니기 시작했다. 고등학교 입시 준비 기간에는 또 이사 갈 수도 있고, 경쟁이 치열한 도시 학교 수준에 맞추려면 지금부터 입시를 대비해야 한다고 했다. 현실에 만족하면 나중에 크게 후회할 수 있다고 말이다.

엄마는 양배추와 튀김을 접시에 담으며 나를 힐끗 쳐다보더니 말했다.

"코우도 학원에 다니면 좋겠는데."

엄마가 권유하는 데는 이유가 있다. 누나가 다니는 학원에는 형제 할인 혜택이 있기 때문이다.

"굳이 필요하지 않아."

"그래도 잘 생각해 봐. 국어…… 특히 문학에 약하잖아?"

누나가 집을 막 나서려다 발걸음을 멈추고, 이미 지겹게 들은 주제로 놀리기 시작했다.

"'우체통에 감정이 있다고 생각하지 않습니다'라고 했잖아."

그러더니 누나는 뜨거운 튀김 하나를 잽싸게 집어 들고 나가 버렸다.

내가 문학 작품을 읽지 않는 이유가 있다.

초등학교 2학년 때, 국어 시험에 우체통과 집배원의 교류에 관한 이야기가 문제로 나왔다.

'이때 우체통은 어떻게 생각했을까요?'

나는 당연히 이렇게 적었다.

'우체통은 물건입니다. 우체통에 감정이 있다고 생각하지 않습니다.'

시험이 끝난 후, 나는 생각했다.

실제로 곰은 사람도 공격하는 동물이지만, 책에서는 친구가 되기도, 사람과 대화하기도 한다. 사실이 항상 정답은 아닌 세상이다.

쉽게 받아들이지 못했고, 문학 작품을 멀리하게 되었다. 점점 더 학습서, 과학 잡지 등을 읽고 다큐멘터리에 관심을 가졌다.

"그럼…… 저녁 먹을까?"

아빠는 오늘도 10시가 넘어서 퇴근하실 거다.

엄마와 나는 부모님의 침실 겸 거실에서 먼저 저녁을 먹기로 했다.

따분한 학교생활

나에게는 학교도 지내기 힘든 세계다.

오늘 아침만 해도 반에서 말만 해도 주목받고 나서기 좋아하는 남자아이가 축구공을 헤딩하며 교실에 들어왔다.

아, 그러고 보니 축구부였던 것 같다. '요즘 같은 때에 실내에서까지 헤딩을 하다니. 참 나' 하고 생각하며 한숨을 내쉬었다. 그러자 그 아이가 바로 내 앞까지 걸어왔다. 그 애랑 같이 다니는 아이 네 명도 덤으로 붙어 왔다.

"너 지금 나 쳐다보면서 일부러 한숨 쉬었지? 뭐 하자는 거야?"

"딱히 뭐 하자는 생각은 없긴 한데."

"'한데'는 또 뭐야. 진짜 열받게 하네!"

그러더니 옆에 있는 네 명에게 "안 그래?"라고 물으며 함께 깔깔거렸다.

이런 일에 시간을 쓰는 건 아깝다. 하지만 설명해 주지 않으면 아마 이해하지 못할 거다.

"네가 헤딩이 위험하다는 걸 아는지, 걱정이 돼서 그런 거야."

내가 친절하게 설명했지만, 그중 한 명이 "너라니!"라며, 내용과 관련 없는 부분에만 주목했다.

당사자는(방금 이름이 생각났다. 아즈마다) "뭐?"라고 하며, 입술을 심하게 구겼고, 지나칠 정도로 고개를 갸우뚱했다. 정말 모르는 것 같았다.

"잉글랜드 축구 협회는 12세 이하 어린이의 헤딩을 원칙적으로 금지했어. 전직 프로 축구 선수를 대상으로 한 대규모 조사 결과, 뇌 손상을 부정할 수 없다는 결과가 나왔거든. 일본도 고학년이라도 무리한 헤딩은 자제해야 한다는 지침이 있는데, 네가 알고 있는지 걱정돼서 그런 거야."

이렇게 설명하면 고맙다고 감사 인사라도 할 줄 알았다. 하지만 아즈마는 무슨 의미인지, 눈을 여러 번 깜빡이더니 한쪽 입꼬리를 들어 올리며 웃었다.

"아, 그러시구나. 역시 닥터 Z라니까!"

"닥터 Z?"

순간 '무슨 말이지?'라는 생각이 들었지만, 아무래도 내 별명이 '닥터 자이젠(ZAIZEN)'인 것 같았다. 별로 긍정적인 느낌은 아니었지만, 내 지성 만큼은 알아본 모양이었다.

"알아주니 기쁘네. 나는 만약 네가 모르고 한 행동이라면 위험하겠다는……"

말이 채 끝나기도 전에, 녀석 일행이 시비를 걸었다.

"3급은 물러가라!"

"말할 가치도 없다!"

나는 뜻밖의 태도에 당황했다. 그리고 처음 듣는 단어가 신경 쓰였다.

'3급이 뭐지?'

아즈마 무리는 자리를 뜨며 멀어졌고, 칠판 앞에서 여자아이들과 웃으며 떠들기 시작했다.

'뭐야, 걱정해 줬더니.'

역시 다른 사람과 엮이고 싶지 않다.

하지만 문제는 반 아이들뿐만이 아니었다. 선생님과도 대화가 잘 통하지 않았다.

담임인 가토 선생님은 올해 이 학교에 새로 온 젊은 분이다. 운동선수같이 생겨 엄마들 사이에서 인기가 많았다. 하지만 한 달 넘게 함께 지내보니 성격은 쓸데없이 열정적이고 수업은 지루했다.

가토 선생님은 오늘도 아침부터 지나치게 열정적으로 말했다.

"오늘은 최신 사회 이슈로 다양한 토론을 해 볼 거예요."

그러고는 우리를 둘러보았다.

"요즘 'AI'라는 말을 자주 사용하는데요. 'AI'가 무엇인지 아는 사람 있나요?"

역시 이 정도 수준의 질문에는 손을 드는 아이가 많았다.

"그럼 '스마트 가전'이나 '스마트 하우스'에 대해 아는 사람?"

이 질문에 손을 든 건 두 명이었다. 외출해도 집에 있는 에어컨을 조작할 수 있다는 대답, 음성으로 모든 가전제품을 조작할 수 있다는 대답이 나왔다.

선생님은 그 후, 'AI'에 의해 앞으로 얼마나 편리한 사회가 될지, 장점을 중점적으로 이야기했다. 더 정확한 예측이 가능해지면서 사고나 실수를 예방할 수 있다고 했다. 로봇이 단순히 힘쓰는 일뿐만 아니라 말동무가 되어 간병에 도움을 줄 수 있고, '얼굴 인식 시스템'이 널리 보급되면 범인을 쉽게 잡을 수 있으며, 해외 출입국 절차도 간편해진다고 설명했다.

장점만 나열하자, 기분 탓인지 주변 아이들이 황홀한 꿈을 꾸는 것처럼 보였다.

"그럼, 이런 사회가 되면 어떤 문제점이 있을까요?"

다들 답이 떠오르지 않는 모양이었다. 2~3분 정도가 지나서야 로봇에게 일자리를 빼앗길 수 있다는 의견이 나왔다.

"그 외에 어떤 게 있을까요?"

선생님이 교실 전체를 둘러보았다.

"이시이."

6학년으로 진급하며 같은 반이 된 남자아이다. 머리카락은 북슬북슬하고, 얼굴은 둥글둥글했다. 자리에서 일어났을 뿐인데, 몸 전체가 젤리처럼 이리저리 흔들렸다.

"아…… 그러니까……"

이렇게 말한 뒤, 그대로 입을 벌린 채 서 있었다. 그러고는 머리를 긁적이기 시작했다.

"음…… 잘 모르겠어요."

"하나만 떠올려 볼까요? 어떤 게 있을까요?"

선생님은 꽤 집요했다.

"엄청 편리하고 멋질 것 같아요……."

'하아······.'

나도 모르게 한숨을 쉬었다.

그러자 선생님은 굳은 표정으로, 마치 큰일이라도 난 듯 목을 앞으로 쭉 내밀었다.

"누구죠? 방금 한숨 쉰 사람이."

그러고는 눈에 핏발을 세우며 나를 쳐다보았다.

"자이젠, 맞나요?"

나는 조용히 대답했다.

"답이 떠오르지 않는 게 힘들어 보여서요."

"그럼 대신 대답해 볼까요?"

'이런. 그렇게까지 얘기하니 대답해 볼까.'

딸깍, 머릿속에서 스위치 켜지는 소리가 들렸다.

"우선 '스마트 하우스'에 대해 이야기하겠습니다."

교실은 쥐 죽은 듯 조용해졌고, 모두 나를 주목했다.

"네트워크로 조작하기 때문에 해킹당할 위험이 있습니다. 다른 사람이 무단으로 조작할 수 있다는 뜻입니다."

반 아이들은 여전히 얼마나 무서운 일인지 실감하지 못하는 듯했다.

"예를 들어 집 열쇠를 해킹당하면 도둑이 침입할 수 있습니다. 그뿐만 아니라 주인도 집에 들어가지 못할 수 있습니다. 보안 카메라가 해킹당하면 집 안을 훤히 들여다볼 수 있게 됩니다."

그제야 위험성이 조금 전달된 듯 웅성거리는 소리가 들리기 시작했다. 나는 개의치 않고 계속 말했다.

"'얼굴 인식 시스템'도 함정이 있습니다. 범인 추적을 위해 항상 감시받게 됩니다. 또 비밀번호 대신 얼굴 인식을 사용했을 때, 시스템이 해킹당하면 어떻게 될까요? 숫자나 기호로 된 비밀번호라면 변경할 수 있겠지만, 얼굴 인식은 어떻게 변경해야 할까요?"

방금까지 밝은 미래를 상상하던 표정들이 점점 험악해져 갔다. 매서운 눈빛으로 나를 노려보거나 얼굴을 찡그리는 아이도 있었다. 어쩌면 자신의 생각이 얼마나 얕은지 깨달았는지도 모른다.

"네트워크는 편리하지만 해킹 위험이 따릅니다. 이건 당연한 일입니다."

아직 충분히 이해되지 않았는지 반 아이들 대부분이 눈을 크게 뜨고 멍한 표정을 지었다. 그중에는 "역시 닥터 Z!"라고 외치는 아이도 있었다.

반 아이들 표정만 변한 건 아니었다. 선생님도 눈을 크게 뜨고 있었다.

"아, 고마워요. 음, 방금 들은 발표 내용은 극단적인 예지만……."

나는 선생님에게 한 번 더 못을 박았다.

"그런 인식은 지양*해야 합니다. 일본은 결코 보안 선진국이 아닙니다."

그러자 선생님은 고개를 저으며 아래로 숙였다. 옆줄에 있던 여자아이는 콧잔등에 주름을 잡고 입꼬리를 내리더니, 나보다 더 크고 길게 한숨을 내쉬었다.

'뭐지? 얘는.'

지양 더 높은 단계로 오르기 위해 어떤 것을 하지 아니하다.

친구 사귀기는 귀찮아

쉬는 시간이 되었다. 나는 한숨 소리가 신경 쓰여 옆줄에 앉은 가지타를 보았다. 성 외에 이름은 잘 모른다.

골든위크*도 지났지만, 특별히 용건도 없고 관심도 없어 아직 제대로 말을 나눠 본 적이 없다.

머리는 한 갈래로 높이 묶었고, 키는 나보다 훨씬 큰 편이다. 야무지다는 말이 어울리는, 똑부러지는 얼굴이다. 여자아이들은 쉬는 시간에 대부분 여기저기 모여서 떠들지만, 가지타는 무리에 끼고 싶은 마음이 없는 것 같다. 천천히 다음 수업을 준비한 뒤, 팔꿈치를 세워 턱을 괴고 차분히 앉아 있

골든위크 4월 말에서 5월 초 사이, 일본에서 1년 중 휴일이 가장 많은 주간을 말한다.

다. 그 모습이 묘하게 경험 있는 어른처럼 느껴졌다.

'안 되지, 안 돼. 쉬는 시간이 얼마나 귀한데. 의미 있게 활용하자.'

나는 여름 방학에 어떤 주제로 자유 연구를 하는 게 좋을지 고민하기로 했다. 숙제라서 연구에 필요한 돈은 집에서 지원해 준다. 비용 걱정 없이 큰 주제에 도전할 수 있는 귀중한 기회다. 작년에는 초전도의 원리를 연구하기 위해 대학교에서 열린 공개강좌에 참여했다. 그렇다면 올해는…….

그때, 방금 전 수업 시간에 인상이 부드러웠던 이시이가 환한 미소를 지으며 다가왔다. 그 옆에는 고개를 숙인 채 바닥만 보고 있는 남자아이도 있었다.

가지타는 갑자기 자리에서 일어나, 이시이에게 '하이!' 하며 한쪽 손을 들어 인사한 뒤, 교실 밖으로 나갔다. 이시이는 부드러운 미소로 답했다.

가지타도 쓸데없이 친구를 만드는 편은 아닌 줄 알았는데 실망했다.

그런데 이시이가 햇살 같은 미소를 나에게 보냈다.

"저기, 자이젠. 아까는 고마웠어."

어째서 고맙다고 인사하는지 이해가 되지 않았다. 일단 가볍게 고개를 끄덕이고는, 다시 자유 연구 주제 정하기에 집중하려고 했다.

하지만 두 사람은 전혀 떠날 기미가 보이지 않았다. 여전히 나를 바라보며 웃고 있는 이시이와 얼굴도 제대로 보여주지 않는 대조적인 아이가 벽처럼 버티고 서 있었다.

"아, 저기…… 자이젠은 정말 똑똑하더라."

엮이고 싶지 않아 흘려들었다.

"정말 대단해. 그런 질문에 술술 대답하기 쉽지 않잖아. 천재 아니야?"

지나친 칭찬이라 정정이 필요했다.

"신문이나 뉴스를 보면 자연스럽게 알 수 있는 수준이야. 나는 천재가 아니야."

"어? 그런가……."

이시이가 말을 멈추었다. 하지만 그건 아주 잠깐이었다.

"아즈마랑도 아무렇지 않게 얘기하더라……. 대단해. 신경 쓰이지 않아?"

"뭐가?"

이시이는 말을 삼키듯 입을 다물며 주저하다 말했다.

"그야 아즈마 무리는 1급이잖아. 나는 입도 떼기 힘들어서……."

"1급? 그러고 보니 아침에 3급이라고 하던데. 너는 그게 무슨 뜻인지 알아?"

이시이가 다시 입을 닫았다. 그리고 잠시 후 설명했다.

"음, 계급이랄까?"

"뭐? 그런 걸 언제 정했는데?"

"아니, 그런 건 그냥 보기만 해도 알 수 있으니까."

"계급장이라도 달고 있어?"

나는 진지하게 물었지만, 어째서인지 이시이는 웃으며 얼버무렸다.

"나도 사실 바람직하지 않다고 생각해. 3급, 1급 같은 거. 하지만 굳이 싸움을 만들고 싶지는 않아. 나는 싸움을 싫어하거든."

이해가 되기도 하고 안 되기도 했다. 잠자코 듣고만 있으니, 이시이가 일방적으로 계속 떠들기 시작했다.

"우리 집이 가게를 하잖아."

"아, 그렇구나."

"아, 미안. 아직 내 소개도 제대로 안 했네."

그제야 역 앞에 있는 중화 요리집 '구룡'의 아들이고, 별명은 '포요'라고 얘기했다.

"그리고 이쪽은 텟짱."

방금까지 고개만 숙이고 있던 아이가 이름이 불리자, 아주 살짝 고개를 들었다.

그 텟짱(친하지 않으니 테츠*라고 해도 되겠지?)이라는 애는 자기소개는커녕 또다시 고개를 숙였다. 정말 예의가 없는 것 같았다.

누군가에게 기운을 빼앗긴 듯 피부가 창백하고, 곱슬머리에 체형이 호리호리한 남자아이였다. 둘이 나란히 섰을 때 키가 거의 비슷했지만, 포요가 몸집이 1.5배 정도 커서 꽤 작아 보였다.

"그래서 말이야, 손님들에게 민폐를 끼치면 안 된다고 어릴 때부터 잔소리를 지겹게 들었어. 그런데도 나랑 나이 차이가 많이 나는 남동생이랑 여동생이 틈만 나면 서로 다투는데, 둘을 화해시키기도 쉽지 않아. 적어도 학교에서만큼은 평화롭게 지내고 싶어. 아즈마 무리도 거리를 두면 괴롭히지는 않을 테니까."

이해가 가지 않는 부분도 있었지만, 귀찮아지기 싫어서 엮이지 않는다는 뜻으로 받아들였다.

더는 시간을 낭비하고 싶지 않았다.

"그럼 시간이 아까워서, 이만."

테츠 일본어로 철, 쇠를 뜻하는 말로 '열차'나 '철도' 자체를 의미하기도 함.

그런데 포요는 자리를 뜨지 않고 계속해서 무슨 말을 꺼내려고 했다. 그래서 그 애 얼굴 앞으로 손바닥을 내밀며 막았다.

"나는 기본적으로 누구와도 잡담하지 않기로 했어. 그러니 그만하자."

"그렇게 얘기하지 말아 줘. 상담할 수 있는 사람이 자이젠밖에 없단 말이야!"

포요는 집요하게 버텼다.

어쩔 수 없지. 이렇게 나온다면⋯⋯.

"그럼 나랑 얘기가 잘 통할지, 테스트해 봐도 괜찮아?"

포요는 멍한 표정을 지었다. 나는 이럴 때마다 써 온 질문을 던졌다.

"MIT의 뜻은?"

포요는 여전히 멍한 표정이었다. 한편, 테츠는 조심스럽게 나를 정면으로 쳐다보기 시작했다.

지금껏 아무도 답하지 못한 질문이다. 혹시 대답할까? 조금은 대화가 통하는 상대일까? 기대하지 않는다고 하면서도 온몸에 피가 세차게 흐르는 기분이 들었다.

테츠는 나를 관찰하듯 무례할 정도로 빤히 쳐다보았다. 내가 기대하며 눈을 마주치자, 갑자기 고개를 움츠리더니 얼굴을 옆으로 돌려 버렸다.

'뭐야, 정말!'

"거봐, 대답 못 하잖아. 안타깝지만 나와 대화가 통하지 않는 게 증명된 것 같네. 더는 서로에게 시간 낭비야."

나는 공책을 꺼내 일부러 펼쳐 보였다. 하지만 포요는 지금껏 나눈 대화가 없던 일인 것처럼 무시하고 말을 계속 이어 나갔다.

"있잖아, 사실은…… 어제 정말 이상한 걸 발견했어. 상자처럼 생긴 물건인데 어떻게 해야 좋을지 모르겠어. 자이젠의 의견을 듣고 싶어서 왔어."

나는 다시 한번 말했다.

"너희랑 대화가 통할 것 같지 않다고. 소중한 쉬는 시간이니까 서로 의미 있게 보내자."

"자, 잠깐만. 우리 둘은 도저히 모르겠어. 자이젠처럼 머리 좋은 사람이 아니면 어떻게 해야 할지 판단할 수 없을 것 같단 말이야."

나는 아무 대답도 하지 않았다. 하지만 포요는 끈질겼다.

"잠깐이라도 좋으니까 우리가 주운 게 뭔지만 봐 주면 안 될까?"

"방금 주웠다고 했지?"

"응…… 맞아."

"그럼 경찰에 신고하면 되겠네."

'왜 굳이 나한테 물어보지?'

포요는 옆에 있는 테츠를 보다, 사뭇 진지한 표정으로 다시 나를 바라보았다.

"근데 그게…… 그냥 경찰에 신고하기에는 조금 아까워서. 누군가가 버린 물건일 수도 있고. 그럼 갖고 있어도 되지 않을까 해서. 자이젠도 보면 분명 궁금해질 거야. 비슷한 걸 본 적이 없어서, 도무지 정체를 모르겠어."

수업 종이 구원의 종소리처럼 들려왔다. 포요는 빠르게 말하며 급히 대화를 마무리했다.

"부탁이야! 4시에 '아카네 공원'에서 기다리고 있을게!"

우연히

그날은 누나가 다니는 학원에 가 보자고 엄마 마음대로 정한 날이었다. 학교를 마치고 집에 돌아오니, 엄마는 일단 한번 가 보자고 하셨다. 나는 엄마에게 팔을 붙잡혀 그대로 학원에 끌려갔다.

학원은 의외로 가까웠다. 가장 가까운 역 바로 옆이었고, 집에서는 도보로 약 5분 거리였다.

엄마는 곧바로 상담실로 가 선생님과 상담을 시작했고 나는 직원의 안내를 받아 초등학교 6학년 국어 수업을 들었다.

버틸 수 있던 시간은 고작 5분이었다. 주인공의 감정에 대한 설명이 이어졌고, 머리가 어질어질해지기 시작했다. 나를 이곳으로 데려온 직원은 이미 가고 없었다. 엄마도 아직 선생님과 상담 중일 거다.

나는 눈치를 보다 몰래 학원을 빠져나왔다.

밖으로 나오니 전철이 막 도착했는지 역에서 고등학생들이 우르르 쏟아져 나왔다.

그럼 수업이 끝날 때까지 시간이나 때워 볼까? 그런데 어디서?

역 앞에는 역과 연결된 3층짜리 쇼핑센터만 있었다. 헬스장, 치과, 슈퍼마켓 등이 들어선 곳이었다. 안이 훤히 들여다보이는 1층 푸드코트에는 고등학생들이 삼삼오오 모여 있었다. 어디에서나 볼 수 있는 흔한 가게들이었고, 외관도 평범했다.

그 외에는 오로지 주택가뿐이었다. 가끔 병원이 있는 정도다. 북쪽으로는 완만한 오르막길이 계속되다 숲이 나온다. 그 뒤로는 산이 이어진다. 남쪽으로도 집이 줄지어 있고, 그 너머에는 강이 있다.

'어디가 좋으려나?'

사람들의 시선을 피하며 여기저기 돌아다니는데, 가까운 곳에서 소리가 들려왔다.

"여기야, 여기."

'뭐지?' 하고 고개를 돌리자, 포요가 얼굴에 미소를 지으며 나를 향해 손짓했다.

"아카네 공원이 어딘지 몰랐구나? 여기야."

"뭐?"

포요 뒤쪽으로 주차장과 주택 사이에 자리한 작은 공터가 보였다. 벤치와 음수대뿐이었는데, 차량 진입 방지 구조물 옆에 걸린 나무를 둥글납작하게 잘라 만든 이끼 낀 간판에 '아카네 공원'이라고 적혀 있었다.

내가 어리둥절해하자 포요가 종종걸음으로 다가와 내 눈앞에 섰다. 눈이 나보다 주먹 두 개 정도는 더 높이 있었다.

"정말 안 오는 줄 알았어."

그러고는 다시 부드럽게 웃었다.

학원은 4시 반에 시작했다. 4시에 와 달라고 하지 않았나? 그때부터 계속 기다린 건가?

"난 여기 오려던 게……."

포요는 내 설명을 무시하고 주변을 두리번거렸다.

벤치에 한 사람이 더 있었다. 테츠였다. 감정을 하나하나 유난스럽게 표현하는 포요와 달리, 테츠는 눈썹 하나 까딱이지 않고 눈도 마주치지 않았다. 무척 큰 팥색 배낭을 메고 말이다.

전에 다니던 학교에 팥색을 너무 좋아해, 필통부터 티셔츠까지 온통 팥색으로 휘감고 다니던 남자아이가 있었다. 그래서 나도 모르게 "팥색이네⋯⋯" 하고 말이 새어 나왔다.

그러자 테츠가 눈썹을 움찔했다. 포요는 목소리를 낮추어 나에게 조언했다.

"있잖아, 텟짱은 '팥색'이라고 부르는 걸 엄청나게 싫어하는 것 같아."

"아⋯⋯ 그렇구나."

그러고 보니, 팥색을 좋아하던 그 남자아이도 그 색을 독특한 이름으로 고집해서 불렀던 것 같다. 그게 뭐였더라⋯⋯.

"그보다 여긴 사람들이 자주 다니니까, 비밀 기지로 가자."

비밀 기지라니? 그런 건 소설이나 만화에만 나온다고 생각했는데, 설마 정말 있나?

어쨌든 시간은 때울 수 있을 것 같아 오래 있기는 어렵다고 못을 박고 따라가 보기로 했다.

포요는 역에서부터 선로와 나란히 뻗어 있는 국도를 따라 서쪽으로 걸어갔다. 내 뒤에는 테츠가 있다. 둘은 서로 한마디도 나누지 않고 묵묵히 걷기만 했다. 작은 강을 건넌 뒤, 북쪽 산 방향인 오른쪽으로 틀자 한층 더 한적해졌다.

자전거를 탄 고등학생이나 자동차가 다니기는 했지만, 자주
는 아니었다.

"금방 도착해."

줄지어 있는 집 너머로, 2층집 지붕보다 큰 나무들이 줄
줄이 보였다.

포요는 집과 집 사이로 난 좁은 골목길로 들어갔다. 집들
뒤로 벽처럼 약간 높은 둑이 이어졌고, 그곳에 나무들이 가
지런히 줄지어 있었다. 지붕 위로 보이던 그 나무들이다. 막
다른 곳에 있는 20단 정도의 계단을 오르자, 갑자기 시야가
확 트였다.

이런 곳에 공원이 있다고? 둑 너머에는 한눈에 가득 담
기는 커다란 연못이 있었고, 그 주위를 감싸듯 오솔길이 정
비되어 있었다. 잔디 광장과 빨간 꽃, 노란 꽃 들이 어우러진
화단도 근처에 있었다. 공원 끝에는 곧게 뻗은 나무들이 줄
지어 자리 잡았고, 그 너머는 나무가 우거진 숲 같았다.

포요는 둑 아래로 내려가더니 공원 오솔길을 따라 숲 쪽
으로 계속 걸었다. 공원과 숲을 경계 짓는 무성한 잎들이
눈부시게 빛나는 가로수길을 가로지르자 그 너머는 숲이었
다. 길은 없었고, 정강이까지 자란 풀로 뒤덮인 완만한 경사
의 오르막이 이어졌다.

"도대체 어디까지 가는 거야? 여긴 공원도 아니잖아."

포요가 큭큭 웃었다.

"비밀 기지니까. 보통 그런 건 찾기 힘든 곳에 있잖아?"

그건 그렇다. 그래도 별로 들어가고 싶지 않았다.

귀찮게 달라붙는 이름 모를 벌레들을 손으로 쫓으며 다리를 높이 들어 풀을 힘껏 밟으면서 걷다 보니 경사진 곳에 작은 사당*이 나왔다. 어른 여섯 명 정도가 들어가면 꽉 찰 만한 크기였다. 관리가 되지 않았는지 지붕과 벽이 많이 상해 있었다.

포요는 사당에 손을 모으고 고개 숙여 절을 올렸다. 양옆으로 문을 열자 삐걱거리는 소리가 났다. 포요는 신발을 벗고 안으로 들어갔다.

아무리 과학적으로 근거가 없다고 하지만, 분명 무언가를 모시는 장소일 텐데 함부로 들어가다니. 의외로 대담한 면이 있다고 생각하는데, 포요가 홱 뒤를 돌아보았다.

"혹시 들어가면 천벌받을까 봐 걱정돼?"

"뭐?"

"천재도 그런 걸 신경 쓰는구나."

사당 조상의 이름을 적은 나무패인, 위패를 모셔 놓은 집.

"아니, 그게 아니……"

"괜찮아. 여기 모셨던 위패는 옮겼고, 사당만 남아 있어."

테츠도 신발을 벗고 들어갔고, 나도 따라 들어갔다.

안은 생각보다 쾌적했다. 테츠가 커다란 배낭에서 손전등을 꺼내 불빛을 비추자, 안쪽에서 문을 닫아도 제법 밝았다.

"조금 갑작스럽긴 하지만 이걸 보여 주고 싶었어."

포요가 고개를 끄덕이자, 테츠가 다시 배낭에 손을 넣고 책가방만 한 크기의 상자처럼 생긴 물건을 꺼냈다.

나는 테츠가 건네준 물건을 받았다. 크기에 비해 꽤 묵직했고, 플라스틱은 아닌 것 같았다. 숫자 8을 닮은 무한대 기호(∞)가 새겨져 있었고, 그물 모양의 구멍과 이쑤시개 두께 정도의 작은 구멍이 여러 개 있었다.

새하얗고 광택은 없었다. 밝지 않아 선명하게 보이지는 않지만, 상자 곳곳에 곧게 뻗은 선이 있었다. 직사각형과 정사각형 모양도 있었고, 그냥 직선도 있었다. 그중 하나는 상자의 오른쪽 3분의 1 정도 되는 지점까지 한 바퀴를 두르는 모양으로 뻗어 있었다. 그 선을 따라 당기면 열릴 것 같았지만, 꿈쩍도 하지 않았다.

"역시 자이젠이 보기에도 그쪽이 여는 곳 같지?"

정말로 이 물건의 정체가 궁금해지기 시작했다. 지금까지

한 번도 본 적이 없었다. 어째서 이렇게 묵직할까? 안에 뭐가 들어 있을까? 왜 열리지 않을까? 의문이 계속해서 솟구쳤다.

"어디서 주웠는데?"

포요가 설명을 시작했다.

"여기 오면서 작은 강을 건넜잖아?"

아카네 공원에서부터 여기까지 오는 길에 국도와 직각으로 교차하며 흐르는 강이 있었다. 강폭은 칠판의 가로 길이 정도였다.

"어제 그 강가 풀밭에 하얀 물체가 보였어. 뭔지 궁금해서 아래로 내려가 봤는데 이게 떨어져 있더라고."

주워 보니 상자 같았고, 안에 무언가가 들어 있는 것 같아서 가져왔다고 했다.

"이대로? 포장 같은 건?"

포요는 고개를 저었다.

"그럼 결론은 열리지 않는 걸로."

내가 이렇게 정리하자, 포요가 다급히 덧붙였다.

"그, 근데 말이야. 이런 건 본 적도 없고. 떨어져 있던 것치고는 전혀 지저분하지 않았어. 가끔씩 안에서 소리도 나고."

"소리?"

"정말이야."

"그럼 시한폭탄일지도."

내가 장난을 치자, 두 사람은 몸을 뒤로 젖히며 허둥지둥 물체에서 물러나려 했다.

"노, 놀라게 그러지 마. 내 눈에는 큰 과자 '박스'처럼 보이거든!"

실제로 이렇게 생긴 상자에 담긴 '박스'라는 이름의 쿠키가 있었다.

흰 바탕에 가늘고 검은 선이 그려진 쿠키 상자를 떠올리던 중, 갑자기 이상한 소리가 들렸다.

'기잉.'

기계가 작동하는 듯한 소리였다.

포요는 벽에 바짝 달라붙었다. 테츠는 '탕' 하고 사당 문을 열더니, 생각보다 빠른 속도로 뛰쳐나갔다.

나는 만일의 경우를 대비해 바로 뛰쳐나갈 수 있도록, 문 가까이로 이동해 계속 관찰했다.

계속 같은 소리가 들렸고, 조금 전 당겨 보았던 오른쪽 부분이 선을 따라 비틀리듯 살짝 움직였다.

나도 결국 몸을 뒤로 젖혔다. 포요는 "흐익" 하고 한심한 소리를 내며 그 자리에 털썩 주저앉았다.

금속이 맞물리는 소리가 잇따라 들리더니, 양옆에서 치약 상자처럼 생긴 네모기둥이 튀어나왔다. 안쪽에 숨겨져 있었던 것 같다. 기둥 끝에서 하얀 실리콘 소재의 작은 손모아장갑이 불쑥 튀어나왔다.

변신은 계속되었다. 이번에는 왼쪽에서 두툼하고 각진 물체 두 개가 쑥 하고 밖으로 튀어나왔다. 끝은 L자 모양이었고, 마치 다리처럼 보였다.

그 물체를 위에서 바라보니 네모난 머리에 팔다리를 가진 하얀 로봇이 누워 있는 것 같았다. 머리 부분에는 검고 동그란 눈이 두 개, 그 밑에는 입처럼 생긴 가로줄이 하나 나타났다. 흰 표면 뒤쪽으로 액정 패널이 달려 있어, 비치는 구조일 것이다. 코가 있어야 할 자리에는 이쑤시개 두께 정도 크기의 구멍 하나가 뚫려 있었다.

"뭐, 뭐지……."

포요가 한심한 소리를 내자, 로봇에서 "후밋" 하고 우는

듯한 소리가 났고, 입으로 보이는 선이 물결 모양으로 구부러졌다.

꽤 각진 모양이지만, 작은 인간형 로봇이었다. 학교 책상 위에 눕히면 딱 맞을 만한 크기였다.

상자가 이렇게 변신할 줄이야! 저 안에 팔과 다리가 어떻게 자리 잡고 있었고, 어떤 장치가 쓰인 걸까? 가만히 살펴보았다.

금방이라도 일어설 것 같아 긴장을 늦추지 않았지만, 그 녀석은 그대로 계속 누워 있었다.

포요가 살짝 들여다보더니, 갑자기 뒤로 넘어지며 엉덩방아를 찧었다.

"누, 눈이 마주쳤어."

나는 침착하게 관찰했다.

"왜 움직이지 않고 누워만 있지?"

보통 이렇게 생긴 인간형 로봇은 자리에서 일어서거나 앉으며, '안녕. 나는 로봇이야'라고 자기소개부터 하도록 프로그래밍되어 있다. 그런데 '후밋'이라니? 게다가 이 형태는 일어서기에 균형이 맞지 않는다. 혹시 고장 나서 버려진 건가? 그렇다면 이건 고장 난 상태일까?

"우선 왜 움직이기 시작했는지 정리해 보자. 아무것도 누르지 않았는데 작동한 걸 보면, 어떤 키워드에 반응한 게 아닐까? 그런 거 있잖아. 인공지능 스피커에 '하이 빅스비'라든지, '시리야'라고 부르면 대답하는 것처럼 말이야."

확실히 포요가 말한 뒤 움직이기 시작한 것 같다.

그렇다면 포요가 했던 말 중 작동 명령어가 있을 가능성이 있다.

나는 조금 전 포요가 말한 그대로, 천천히 단어를 끊어서 읊어 보았다.

"놀라게, 그러지 마, 내 눈에는, 큰, 과자, 박스, 처럼, 보이거든."

하지만 아무 반응이 없었다.

내가 해서 안 되는지도 모른다. 포요에게 똑같이 해 보라고 했다.

"놀라게, 그러지 마……"

'박스'라고 말한 순간, 눈으로 보이는 둥근 라이트가 깜빡거리며 포요를 향하는 것처럼 보였다.

"아마 그게, 이걸 움직이는 명령어인 것 같아."

"그럼 그게 얘 이름이야?"

"이름이 아니라 명령어라고."

"박스!"

포요가 로봇에게 외쳤다. 그러자 그 녀석은 포요를 향해 천천히 두 팔을 뻗으며 '후밋' 하고 어리광을 부리는 듯한 소리를 냈다.

알겠다. 포요가 부를 때만 반응하는 설정인 것 같다. 음성 인증이나 얼굴 인식일 것이다. 새끼가 태어나서 가장 처음 본 것을 부모로 인식하듯이, 포요를 주인으로 인식했을 수도 있다.

"하지만 '박스'라고 부르니까 쿠키가 생각나서 배고파지는걸."

포요는 마치 쿠키를 먹는 것처럼 입을 오물오물거렸다.

"정말 로봇이 맞을까? 왜 말을 안 하지? 왜 안 움직이지? 로봇이라면 어딘가에 설정 패널이 있을 텐데."

나는 그 녀석을 들어 올린 뒤 어느 한 곳은 열리지 않을까 싶어 머리 뒤쪽과 배 주변, 등, 패인 것처럼 보이는 여러 선에 손톱을 끼워 하나씩 열어 보았다. 하지만 모두 굳게 닫혀 손으로는 열 수 없을 것 같았다.

그 사이, 도망쳤던 테츠도 다시 사당으로 돌아와 머리를 내밀며 살펴보았다.

"드라이버가 있으면 좋을 텐데."

내가 혼자 중얼거리자, 포요가 얼굴을 찌푸렸다.

"그런 난폭한 짓은 안 돼!"

말이 끝나기 무섭게, 포요는 내게서 로봇을 빼앗아 보호하듯 꼭 끌어안았다. 그 녀석은 마치 아기처럼 팔에 폭 안겨 포요에게 의존하는 눈빛을 보냈다.

"그랬구나. 상자는 로봇 알이었구나."

포요는 지금 아기한테 말하듯이 말을 걸지만, '알'이라고 할 수는 없다. 상자에서 나온 게 아니라 형태가 변형된 것뿐이니까.

인간형 로봇처럼 생겼는데, 왜 동작 시스템이나 대화 시스템이 작동하지 않을까? 어떤 크기와 종류의 배터리를 사용할까? 포요를 인식한 센서는 어디에 있을까? 당장이라도 분해해서 연구해 보고 싶다!

"오늘은 우리 집에 가져갈게."

제안은 곧바로 거절당했다.

"텟짱이 맡아 주기로 했어!"

그리고는 다시 큰 배낭 속에 녀석을 넣었다.

"미안해. 조금 답답하겠지만 참아 줘."

포요는 로봇에게 상냥하게 말하며, 배낭을 쓰다듬었다. 그리고 우리는 각자 집으로 돌아갔다.

마침 집에 도착하니 학원 수업을 마치고 올 시간이었다.

"어땠어?"

엄마는 기분 좋은 표정으로 나를 맞아 주었다. 아무래도 몰래 빠져나간 건 들키지 않은 것 같아 안심이었다. 나는 공부를 해서 어깨가 결린 척, 목덜미를 주먹으로 툭툭 두드렸다.

"역시 나는 필요 없을 것 같아."

그러자 엄마가 잔소리를 퍼부었다.

"국어만이라도 생각해 봐. 한 과목만 들어도 형제 할인이 가능하대. 만약 등록하면 바로 간단한 입학시험이 있다고 하니까 내일 다시……"

"안 다닌다고!"

엄마는 입을 다물었다. 더는 억지로 강요하지 않고, 저녁 식사를 준비해 주었다.

내가 정말 좋아하는 카레였다. 식사 시간이 아까워서 빨리 먹을 수 있는 카레가 좋다.

밥을 먹고 목욕까지 초고속으로 마치고, 부모님 침실 겸 거실에 놓인 노트북을 내 방으로 가져가려고 챙겨 들었다. 물론 로봇에 대해 조사하기 위해서였다.

하지만 운이 나쁘게도 하필 그때 누나가 집에 돌아왔다.

"예예, 오늘은 제가 쓸 거랍니다!"

누나는 내 손에서 재빠르게 노트북을 빼앗더니, 내가 잡지 못하게 천장 높이 들어 올렸다.

"내가 먼저 쓰겠다고 얘기했어. 순서 지켜!"

하지만 누나에게는 통하지 않았다.

"어차피 넌 쓸데없는 거나 검색하잖아. 나는 숙제해야 한다고!"

"말이 심하잖아. 조사하고 싶은 내 마음은 뭐가 돼!"

"애초에 태블릿 망가트린 게 누군데 그래!"

"그건 망가트린 게 아니야. 구조를 살펴보고 싶은 호기심에 조금 열어 본 것뿐이라고."

"그걸 망가트렸다고 하는 거야!"

틀렸다. 누나를 상대로는 승산이 없다.

그날 밤은 속상한 마음에 쉽게 잠들지 못했다.

이 로봇은 뭐지?

다음 날 아침, 교실에 도착하자마자 포요와 테츠가 내 자리로 왔다. 옆줄의 가지타는 아직 오지 않았다.

"안녕?"

"응."

포요는 주변에 들리지 않을까 걱정하며, 입가에 손을 대고 속삭였다.

"있잖아, 실은 걔 데리고 왔어."

"무슨 문제라도 생겼어?"

그러지 않고는 굳이 학교에 데려올 이유가 없었다.

"잠깐 나가자. 여기서는 좀……."

우리는 3층 자료실에 가서 이야기하기로 했다. 자물쇠가 고장 나 들어갈 수 있지만 아무도 오지 않는 장소였다.

자료실에 도착하자, 테츠가 커다란 팥색 배낭에서 조심스럽게 로봇을 꺼냈다. 그리고 포요에게 로봇을 건넸다. 포요도 최대한 신경 쓰며 조심스럽게 안았다.

"무슨 일인데?"

내가 묻자, 포요가 '쉿' 하고 입술에 검지를 세웠다.

"왜?"

"얘가 지금 자고 있어서."

"뭐?"

로봇이 잠을 잔다니 무슨 소리지? 게다가 '애'라니!

"얘가 세 시간 간격으로 깨서 울더래."

포요가 설명했다.

어젯밤 테츠가 집에 데려갔을 때, 한밤중인 12시, 새벽 3시, 그리고 아침 6시에 울어 대는 바람에 정말 힘들었다고 한다. 테츠는 가족들이 깰까 봐, 필사적으로 울음을 멈추려고 노력했지만, 방법을 알아내지 못했다. 몹시 난처한 마음에 꼭 안았더니 울음을 그쳤고, 신기하게도 차분해지더니 잠을 자는 것처럼 눈이 평온해졌다고 한다.

"그래서 이게 도대체 어떤 상황인지, 학교에서 울지 않게 하려면 어떻게 해야 할지, 자이젠의 의견을 듣고 싶었어."

이 로봇은 정체가 뭘까? 그런 로봇은 들어 본 적이 없다.

"왜 그러는지는 자세히 점검해 봐야 알 수 있어. 하지만 시끄럽게 소리 내는 건 전원을 끄면 해결될 것 같은데. 안 그래?"

두 사람은 이상한 표정을 지으며 나를 바라볼 뿐이었다.

"스위치가 어디에 있는지 몰라서 그래? 잠깐 줘 봐."

포요는 내게 로봇을 건네주지 않고, 오히려 더 세게 끌어 안았다.

"너희가 그랬잖아. 내 의견을 묻고 싶다고. 나는 전원을 끄면 된다고 생각해. 스위치 위치를 모르면 찾아볼게. 그런 데 왜 안 주는 거야?"

그러자 포요가 쭈뼛쭈뼛 나를 쳐다보며 말했다.

"그건 그렇지만……. 얘가 아기라서 그런 것 같아."

"뭐?"

"그러니까…… 전원은 끌 수 없어."

맙소사! 로봇을 두고 알이나 아기라고 생각하다니! 로봇 도 이상하지만, 포요도 그만큼, 아니 그 이상이다.

포요는 로봇의 이마 쪽을 응시하며 작고 천천히 말하기 시작했다.

"동생들이 아기였을 때, 가게가 바쁘면 내가 자주 동생을 돌봐야 했어. 울면 안아 주고, 분유를 먹이거나 기저귀를 갈아 주면서."

포요는 담담하게 이야기를 이어 나갔다.

"아기들은 태어난 지 얼마 안 됐을 때, 3시간 정도 간격으로 깨서 울어. 얘도 3시간마다 울도록 설정된 게 아닐까 생각했어."

포요는 갑자기 말이 빨라지더니 나를 바라보았다.

"얘는 아기라 아직 서지도 못하고, 말도 못 하고, 곤히 잠을 자. 네모난 알에서 갓 태어난 상태인 거지."

포요는 하고 싶던 말을 쏟아 낸 후, 긴장이 풀렸는지 고개를 들고 '후아아아암' 하고 크게 하품했다.

"아니, 아기 로봇이라니. 그런 게 무슨 일을 하겠어? 인간이 편하려고 만든 게 로봇이야. 몇 시간이고 같은 동작을 할수 있다는 게 핵심이라고. 3시간마다 우는 로봇은 도움이 되기는커녕 귀찮기만 할 거야."

나의 의문을 포요는 웃으며 넘겼다.

"근데 있잖아. 얘, 정말 귀엽지 않아?"

그거면 충분하다는, 다 괜찮다는 듯한 말투였다.

포요의 미소는 부드럽고 따뜻해 보는 사람도 간질거렸다. 나도 모르게 '그래, 맞아' 하고 휩쓸릴 것 같았다.

아니다. 로봇은 그런 게 아니라고 제대로 설명해야 했다. 마음을 다잡고 이야기해 주려는데, 포요가 갑자기 미소를 거두고 눈썹을 찡그렸다.

"집에 두고 와도 걱정되겠지만, 그렇다고 학교에 데리고 오면 자꾸 울어서 곤란해질 거야."

나는 더 냉정하게 말했다.

"그러니까 아기처럼 보이든 어떻든 이건 로봇이야. 전원을 끄면 해결된다고. 안 그래?"

포요와 테츠는 무표정한 얼굴로 나를 보았다. 무슨 생각을 하는지, 어디까지 이해했는지 전혀 알 수 없었다.

"울면 들키고 말 거야. 그러면 선생님한테 뺏길 텐데, 그러고 싶지는 않잖아. 그러니까 그 방법밖에 없지 않을까?"

포요는 입을 꾹 다문 채, 잠시 아무 말도 하지 않았다. 테츠는 얼어붙은 듯 얼굴과 몸이 전혀 움직이지 않았다.

잠시 후, 포요가 중얼거렸다.

"자이젠은 전원을 꺼도 괜찮다고 생각해?"

"괜찮냐니, 뭐가?"

"그…… 전원을 끄면 초기화된다고 해야 하나? 게임할 때도 제대로 저장하지 않아서 문제가 생기기도 하잖아. 그러니까 갑자기 전원을 껐는데 안 좋은 일이 생겨 버리면……

죽는 건 아닐까 해서.”

‘말도 안 되는 소리!’

나는 마음을 가다듬고, 다시 한번 말했다.

“아니, 이건 로봇이야. 기계라고. 죽는다니, 무슨 소리야? 살아 있는 게 아니잖아. 전원을 꺼도 다시 켜서 작동시키면 될 뿐이야.”

두 사람은 입을 굳게 다문 채, 그저 나를 뚫어지게 쳐다보았다. 절대 따뜻한 시선이 아니었다.

“아니, 왜? 필요 없을 땐 전원을 끄는 게 좋잖아. 환경도 생각하고. 그래, 노트북도 사용하지 않을 땐 전원을 끄잖아”

그때 종이 울렸다. 예비종이다. 5분 후 조회를 시작한다.

“적어도 지금은 전원을 끄는 수밖에 없어. 안 그래?”

하지만 두 사람은 전원 스위치를 찾아보려고 하지 않았다. 포요는 테츠가 커다란 배낭에 로봇 넣는 모습을 곁에서 지켜보았다.

“꼭 조용히 있어야 해!”

나는 속으로 ‘전원은 그렇게 따지면서, 그런 좁은 곳에 밀어 넣는 건 괜찮고?’라고 투덜거렸다.

역시 다른 사람과 엮이는 건 나와 맞지 않는다.

테츠와 포요가 자료실을 나간 뒤 나도 교실로 돌아갔다.

교실에 로봇이 있다고?

4교시 수업 시간, 상황은 좋지 않은 쪽으로 흘러갔다.

각자 수학 문제를 풀고 있는데, 우려하던 상황이 현실이 됐다. 책가방을 넣어 두는 교실 뒤쪽 선반에서 아기 고양이가 우는 듯한 소리가 들렸다.

뒷줄에 앉은 여자아이가 가장 먼저 알아챘고, 조심스럽게 손을 들었다.

"선생님."

"무슨 일이니?"

"뒤에서 아기 고양이 소리가 나요."

"뭐라고?"

"확실히 들었어요."

지금은 들리지 않았다. 하지만 언제 다시 울지 모른다. 들키면 가토 선생님이 로봇을 압수할 수도 있었다. 그러면 정말 안타까울 것 같았다.

"정말이니?"

선생님은 벽에 걸린 시계를 보았다. 정오를 조금 넘긴 시각이었다.

"누군가의 배에서 나는 소리 아닐까?"

"아니에요. 아기 고양이 소리 같았어요."

모두가 뒤를 돌아보기도 하고, 창문 밖을 보기도 했다.

그러자 또다시 어렴풋하게 '후밋' 하는 소리가 들려왔다.

"진짜다!"

하지만 금세 소란해져 소리가 나는 정확한 위치를 확인하지 못했다. 포요가 나를 보며 '어떡하지?'라고 입 모양으로 물었다. 나는 '글쎄'라는 의미로 어깨를 으쓱했다.

아즈마가 자리에서 멋대로 일어나 선반을 하나하나 들여다보았다. 벽에 틈이 있는지 확인하는 남자아이도 있었다. 누구는 사물함 옆 청소 도구함을 열어 보고, 또 누구는 벽을 콩콩 두드려 보았다. 교실은 더욱 소란스러워졌다.

"자자, 모두 자리로 돌아가세요!"

5분이 지나고, 결국 소리의 정체는 밝혀지지 않았다.

"시간을 낭비하고 말았네요. 자, 이제 다시 수업합시다."

그렇게 말씀하셨지만, 모두 뒤에서 들렸던 소리가 신경 쓰여 제대로 집중하지 못했다.

포요의 설명과 어젯밤 테츠의 경험을 근거로 하면, 안아줄 때까지 울음이 멈추지 않는 건 아닐까?

불안한 마음에 신경이 곤두섰다. 하지만 그 수업 시간에는 더 이상 울음소리가 들리지 않았다.

돌발 사건이 일어난 후, 우리는 점심시간에 자료실에서 다시 모였다.

테츠는 큰 배낭을 안고 왔다.

"아니, 그걸 그렇게 들고 오면 이상하게 생각하지 않겠어?"

수상한 행동에 어이가 없었다. 하지만 두 사람은 아무렇지 않아 보였다.

"혹시 모르니까 누가 따라오지 않는지 조심히 살피면서 왔어. 애초에 우리가 주목받는 부류도 아니잖아. 어차피 3급인걸 뭐. 괜찮을 거야, 아마도."

테츠도 같은 생각인 듯했다.

"하지만 그런 소란이 있고 난 후잖아."

"그렇긴 하지만."

포요는 잠시 시무룩한 표정을 지었지만, 테츠가 배낭 입구를 열자 곧바로 그쪽에 관심을 쏟았다.

로봇은 꺼내자마자 '후밋' 하고 아기 고양이처럼 울기 시작했다.

"역시 전원을 꺼야겠어."

나는 올바른 의견을 제시했지만, 또다시 무시당했다.

로봇은 안쪽에서 비치는 눈과 입으로, '무(ム)'* 자 모양을 하며 입을 삐죽거리는 표정을 지었다. 전원이 꺼지지 않도록 방어 프로그램이라도 작동하는 걸까?

포요와 테츠는 실내에 숨길 만한 장소를 찾기 시작했다. 어쩔 수 없이 나도 도왔다.

자료실 안에 있는 높은 철제 선반의 문과 서랍을 소리가 나지 않도록 조심하며 하나하나 열어 보았다. 언제 것인지 모를 누런 인쇄물들과 먼지를 뒤집어쓴 커다란 교육용 주판 등. '이게 다 뭐지?'라는 말이 나올 정도로 물건이 가득했다. 그래도 로봇이 들어갈 만한 공간을 겨우 찾아냈다. 철제 선반 아래쪽 깊숙한 곳이었다.

포요는 로봇 머리를 부드럽게 쓰다듬더니 조심스레 눕혔다.

무(ム) 일본의 문자인 히라가나 중 하나.

"다음 쉬는 시간에 다시 올게!"

"자주 오면 분명 눈에 띌 거야. 그러지 않는 게……"

일단 충고했지만, 포요는 듣지 않았다.

"걱정되니까 올 거야! 가끔 안아 주지 않으면 울지도 모르고."

말이 안 통하면 정말 힘들다. 나는 그날 더는 자료실에 가지 않았다.

수업이 끝난 후 신발 갈아 신는 곳으로 내려가니 두 사람이 서서 이야기를 나누고 있었다.

"또 무슨 일 생겼어?"

두 사람은 서로 얼굴을 마주 보며 바로 대답하지 못했다. 하지만 곧 포요가 설명해 주었다.

"그게 있잖아, 테츠네 엄마는 걱정이 많으시거든. 오늘 밤 또 울면 분명 무슨 일인지 확인하러 오실 텐데 그럼 큰일이겠다 싶어서 얘기하던 중이었어."

나도 더는 전원을 끄라고 말하지 않았다. 해 봤자 소용이 없으니까.

"하지만 우리 집에는 숨길만한 장소가 없어. 가족들에게 들키면 왜 그런 걸 가지고 있냐고 경찰에 신고하라고 할 게 뻔해."

기회라는 생각이 들었다.

"그럼 우리 집에 가져갈게. 엄청 좁은 사택이지만, 그래도 내 방이 있긴 하니까."

하지만 두 사람 모두 대답이 없었다. 포요는 눈도 깜박이지 않고 나를 빤히 쳐다보았다.

"그런데…… 자이젠, 전원을 끄거나 멋대로 손대지는 않을 거지?"

나는 속마음을 들키지 않으려고 가슴을 펴고 대답했다.

"그런 짓 절대 안 해. 로봇이 잘 작동하는데 함부로 만지면 고장 날 지도 모르니까."

하지만 둘 다 반응이 없었다.

"왜? 그렇게 못 믿겠어?"

내가 다시 묻자, 포요가 곧바로 받아쳤다.

"그야 네가 어제도 박스의 몸을 열어 보려고 했으니까 그렇지. 오늘도 전원을 끄자고 했고. 물건이라고만 생각하지?"

여기서 들키면 큰일이다. 나는 고개를 과장하며 저은 뒤, 두 팔을 크게 벌리고는 항복하듯 어깨를 으쓱했다.

"알겠어. 아기라는 거잖아. 걱정 안 해도 된다니까?"

그럼에도 둘은 여전히 나를 뚫어져라 쳐다보았고, 잠시 서로 의견을 주고받았다.

곧 대화가 정리된 듯, 두 사람이 나와 마주 보았다.

"그럼 박스가 들어갈 만한 크기의 손가방 같은 거 있어?"

체육복을 넣어 둔 가방이라면 들어갈 것 같았다. 체육복을 꺼내 책가방 안에 돌돌 말아 넣어 가방을 비웠다.

"이 정도면 괜찮지?"

앞혀서 넣으면 어떻게든 들어갈 것 같다. 살짝 보이는 부분은 수건으로 가리면 된다.

"여긴 사람들 눈에 띄니까 건물 뒤쪽으로 가자."

포요의 의견에 따라 학교 건물 뒤 주차장 한쪽 구석에서 로봇을 건네받았다.

분해

드디어 이 로봇을 마음껏 조사할 수 있다!

나는 폴짝 뛰며 집으로 돌아갔다. 집에 들어서자마자 엄마에게 말했다.

"오늘 해야 할 숙제가 엄청 많으니까 누나한테 절대 방해하지 말라고 해 줘."

방으로 들어왔지만 내 방문은 잠금장치가 없다. 문간에 걸려 있는 가림막 커튼을 떼어 낸 뒤, 커튼 봉으로 방 안쪽에 버팀목을 놓아 문을 고정했다. 이 정도면 열리지 않겠지.

자, 이제 전원을 꺼야 한다.

로봇을 자세히 관찰했다. 그러던 중 배에서 파인 직사각형 선에, 이쑤시개 끝이 들어갈 만한 크기의 작은 홈을 발견했다. 그 안에 스위치가 있을 것 같았다.

로봇의 눈이 감긴 걸 보니 울지는 않을 것 같았다. 그래서 그 홈에 이쑤시개를 찔러 넣었다.

'탁' 하고 직사각형 모양의 뚜껑이 열렸다. 플라스틱 소재 같았지만 그에 비해 꽤 단단했다. 뚜껑은 두꺼운 편이어서 생각보다 무거웠다. 코드와 플러그까지 달려 있었다. 열린 사각형 공간 안쪽에는 한 번 더 열릴 것 같은 판이 있었고, 거기에 예상했던 대로 전원 스위치가 있었다. 전원을 끄니, '푸슝' 하고 공기가 빠지는 듯한 소리와 함께, 로봇 얼굴에 눈과 입을 만들었던 빛이 순식간에 사라졌다.

뚜껑이 신경 쓰였다. 왜 플러그까지 달렸을까? 일단 플러그를 콘센트에 한번 꽂아 보자. 그러다 문득 깨달았다. 이 뚜껑은 아마도 무선 충전기일지 모른다.

하지만 지금은 충전보다 분해가 먼저다. 우선은 전원 스위치가 달린 판을 떼어 내야 한다.

로봇은 표면이 매끄럽고 나사 하나 보이지 않았지만, 직사각형 공간 안쪽에 있는 판, 네 모서리에는 나사가 박혀 있었다. 심장이 너무 뛰어서 나사를 푸는 데 시간이 꽤 걸렸다. 겨우 스위치가 달린 판을 떼어 내니, 그 안에 배터리가 있었다!

역시 스마트폰 등에 주로 사용하는 리튬이온배터리다. 예상보다 약간 더 크고, 로봇 몸통의 상당 부분을 차지했다. 소형화가 인류의 꿈이라지만 정말 이 크기가 이 로봇에게 적당할까?

어쨌든 두뇌에 해당하는 부분은 도저히 여기에 들어갈 수 없다. 그러면 두뇌는 머리 부분에 있을까?

머리 뒤쪽에도 정사각형으로 선이 있었다. 하지만 홈은 없었다. 거기에 일자 드라이버를 집어넣고……. 이번에는 아까처럼 잘되지 않았다. 힘을 너무 주면 깨질 수도 있다. 힘을 조절하며 10여 분간 밀어 넣었다.

딸칵. 가벼운 소리와 함께 드디어 머리 뒤쪽이 열렸다.

복잡하게 얽힌 배선이 과하게 밀려 들어가 있어, 조금만 건드려도 끊어질 것 같았다.

설정을 본체에서 바꾸는 걸까, 아니면 외부에서 프로그래밍한 후 송신하는 걸까? 어떤 방식일까? 그런 부품이 어디에 있을지 집중해서 살펴보았다.

얽힌 배선 사이에 핀셋을 끼우고 벌려 가며 살펴보았지만, 잘 모르겠다. 우선 눈을 대신하는 카메라와 입을 대신하는 스피커, 귀를 대신하는 마이크를 확인해 보기로 했다. 아마, 이 장치들은 머리 부분에 있는 구멍 안쪽에 각각 숨겨졌을 것이다. 연결된 끝을 확인해 보면 알 수 있을 것 같다.

숨을 참고, 핀셋을 양손에 쥐고 얼굴의 전면 카메라로 보이는 선을 따라갔다. 꽤 복잡하게 얽혀 있었지만, 결국 하나의 녹색 기판에 연결되었다. 분명 이게 두뇌일 거야!

꿀꺽, 침을 삼켰다. 이 기판을 좀 더 살펴봐야겠다. 그때, 핀셋 끝이 선 하나에 걸리고 말았다.

'큰일이다. 끊어졌어!'

아니, 끊어지지는…… 않았다. 심장이 멎는 줄 알았다.

당장이라도 끊어질 것처럼 겨우 연결된, 매우 위험한 상태였다. 납땜하면 괜찮을지도 모르지만, 이렇게 얇은 선을 좁은 부분에 잘 붙일 자신이 없었다.

게다가 어디서 나왔는지, 정체 모를 아주 작은 나사 하나가 책상 위에 떨어져 있었다.

몹시 초조해하고 있는데, 밖에서 누나 목소리가 들렸다.

"야, 저녁 먹으라고 몇 번이나 불렀는데 안 나와? 문은 왜 안 열리게 해 놓았어! 당장 안 나오면 네 밥은 없을 줄 알아!"

"엄마가 저녁 식사를 준비했으니까 누나는 그런 말 할 자격 없어."

"엄마도 네 밥 치우는 거 찬성이랬어!"

끊어질 듯한 선을 이대로 두기는 너무 걱정되었고, 빠진 나사도 신경 쓰였다. 하지만 지금은 어쩔 수 없었다.

열었던 뚜껑들을 재빨리 모두 원래대로 닫고, 로봇을 프라모델* 상자에 넣었다. 그러고는 상자를 벽장 이불 사이에 밀어 넣은 뒤, 저녁을 먹으러 방에서 나갔다.

프라모델 플라스틱 부품들을 조립하여 완성시키는 장난감.

테츠의 비밀

누나가 계속 수상하게 보며 경계를 풀지 않았다. 어쩔 수 없이 아침에 일찍 일어나서 작업을 하기로 했다. 하지만 평소와 같은 시각에 일어나 안타깝게도 실패로 끝났다.

나는 엄마가 베란다에서 빨래 너는 것을 확인한 뒤, 벽장에서 로봇을 꺼냈다. 배에 있는 뚜껑을 열고, 조심스럽게 전원을 켰다. 로봇의 눈과 입에 불빛이 번쩍하고 들어왔고, 눈을 깜박거리듯 여러 번 꺼졌다 켜졌다. 일자 모양이던 입도 물결 모양으로 변하더니 '아, 아, 아, 후밋' 하고 우는 듯한 소리를 냈다.

큰일이다! 근처에 있던 후드 티로 로봇을 덮고, 손가방 안으로 밀어 넣은 뒤, 몸으로 그 위를 덮었더니 소리가 꽤 작아졌다.

"뭐 하니? 일어났으면 어서 밥 먹어."

엄마가 베란다에서 나를 재촉했다.

급하게 준비를 마치고, 단체 등교에 합류했다.

교실에 들어서자마자 포요와 테츠가 다가왔다.

"걔는? 손댄 거 아니지?"

나는 차분히 대답했다.

"당연하지. 아무 짓도 안 했어."

하지만 포요는 나를 계속 뚫어지게 쳐다보았다.

"왜, 왜 그래."

"진짜인지 아닌지 확인하는 중이야."

포요는 팔짱을 끼고 내 눈동자를 더 빤히 들여다보았다.

"진짜, 진짜, 아무 짓도 안 한 거 맞지?"

"응."

"밤에 몇 번 울었는데?"

"그건…… 3시간 간격. 진짜라니까?"

포요는 여전히 의심스러운 표정으로 나를 쳐다보았지만, 더는 아무 말 없이 손가방을 받아 들고, 테츠와 함께 교실을 나갔다. 테츠의 배낭으로 옮기려는 듯했다.

오늘도 쉬는 시간에 자료실에서 모였다.

포요가 로봇을 꺼내더니, 또 이상한 말을 했다.

"얘, 어쩐지 기운 없어 보이지 않아?"

그러고 보니, 정말로 눈의 빛이 조금 희미해진 것 같았다.

"열이 있는 게 아닐까?"

바보 같은 소리. 하지만 포요는 진지한 얼굴로 손바닥을

로봇의 이마에 가져다 댔다. 테츠도 옆에서 가만히 지켜보았다.

"이상하네. 정말 아무 일 없었던 거 맞아?"

"특별히 한 것도, 다른 점도 없었어."

대답은 그렇게 했지만, 끊어질 듯 말 듯한 선과 빠진 나사가 신경 쓰였다. 고장 났을지도 모른다는 불안감이 점점 더 커졌다.

"왜 그럴까~ 왜 이렇게 힘이 없을까~"

포요와 테츠가 아기를 보살피듯 로봇을 들여다보는 모습을 보자, 문득 떠올랐다.

"아, 충전!"

그동안 한 번도 충전한 적이 없었다. 그 리튬이온배터리로 몇 시간 동안 작동하는지는 알 수 없지만, 충전하면 해결될 것 같았다.

"잠깐 줘 볼래?"

나는 포요에게 로봇을 건네받아 작은 홈에 손톱을 끼워 넣어 뚜껑을 열었다. 그러고는 뚜껑을 콘센트 근처에 내려놓고, 뚜껑에 달린 플러그를 콘센트에 꽂았다. 로봇을 어떻게 놓을지 고민하다가, 뚜껑 위에 앉히고 벽에 기대어 놓아 보았다. 그러자 로봇 눈이 검정에서 빨강으로 변했다. 충전 중이라는 신호일 것이다. 이 배치가 맞나 보다. 스마트폰이나 태블릿처럼, 빨간색이 다시 검정으로 돌아오면 충전 완료겠지.

혼자 만족하고 있던 그때, 포요와 테츠가 나를 뚫어지게 쳐다보는 걸 깨달았다.

"왜?"

"그렇게 충전하면 된다는 걸 어떻게 알았어?"

큰일이다! 최대한 머리를 쥐어짰다.

"음, 그건 말이야. '당연함의 법칙'으로 생각해 보면 알 수 있어."

그리고 일부러 고개를 크게 끄덕였다.

"가정용 장난감이라고 가정했을 때, 이 정도 크기면 아마도 콘센트로 축전지°에 충전하는 방식일 거야. 자세히 보니 배에 선이 패어 있고 홈이 있었어. 그럼 그 안에 스위치가 있겠지? 열어 보니 뚜껑에 플러그가 달려 있었어. 그렇다면 '무선 충전 방식이구나' 하고 추리할 수 있지."

논리적인 사고로 결론에 도달했다. 음, 완벽하다.

하지만 포요는 믿지 않았다.

축전지 충전해서 사용하는 전지.

"그런데 마치 전부터 알고 있었던 것처럼, 바로 열어서 콘센트에 꽂았잖아."

"그러니까, 아까처럼 추리해서……."

"열었지? 어제."

"뭐?"

"거짓말하지 마. 전원을 끄려고 일부러 열어 봤잖아!"

"설마."

"이제 됐어. 더는 너한테 부탁하는 일 없을 거야. 시간 뺏어서 미안!"

포요는 로봇을 배의 뚜껑 겸 충전기에서 떨어뜨려 놓고, 원래대로 배를 뚜껑으로 덮었다. 그러고는 테츠의 배낭 속에 넣은 뒤, 테츠와 함께 자료실을 나섰다.

분명 완벽한 추리였다. 어째서 들켰지? 어딘가 찝찝한 기분이 들었다.

물론, 마음대로 만져서 고장 났을 가능성도 있다. 그 점은 깊이 반성한다. 하지만 내가 충전에 대해 알아채지 못했다면, 로봇은 그대로 작동을 멈추었을 텐데 조금 고마워해야 하는 거 아닌가?

그 이후로 포요와 테츠는 확실히 나를 피했다. 쉬는 시간에 3층에 있는 도서실에 가면서 자료실에 들러 들여다보았지만, 아무런 인기척도 없었다. 장소를 바꾼 것 같았다.

며칠 내내, 테츠는 쉬는 시간에 배낭을 챙겨, 포요와 함께 밖으로 나갔다.

로봇은 어떻게 되었을까? 무사히 작동할까? 아기라고 했으니 성장하지 않았을까? 로봇을 못 보니 더욱 신경이 쓰였다. 그래서 가끔 포요에게 "그 후로 어때?"라고 물어보았지만, 차가운 반응만 돌아올 뿐이었다. 신경은 쓰였지만 어쩔 수 없었다. 원래의 일상으로 돌아온 것뿐이다.

나는 다시 예전처럼 쉬는 시간에 혼자서 여름 방학 자유 연구 주제를 고민하기 시작했다.

그러던 어느 날, 점심 식사 후 쉬는 시간이었다. 자유 연구 주제를 배터리 소형화로 할까 고민하던 때 가지타의 퉁명스러운 목소리가 들렸다.

"야, 지금 나 무시하는 거야?"

보아하니 여러 번 말을 걸었나 보다.

"아니, 그건 아니고. 뭘 좀 생각하고 있었거든."

"그렇구나. 있잖아, 자이젠에게 물어보고 싶은 게 있어서."

"응?"

"구로다 말이야. 방금 배낭 메고 교실을 나갔잖아. 왜 그런 거야?"

"뭐? 구로다?"

왜 나에게 그 '구로다'라는 녀석에 대해 묻는지 이해가 가지 않았다.

가지타는 고양이 같은 날카로운 눈으로 나를 쳐다보았다.

"설마 이름을 모르는 건 아니지?"

가지타는 어이없어했지만, 나에게 반 아이들의 이름 따위는 별로 중요하지 않았다.

"구로다 류세이. 다들 '텟짱'이고 부르는 애 말이야."

이름이 구로다 류세이인데 왜 '텟짱'이라고 부르지? 정말이지 영문을 알 수 없는 별명이다.

아니, 최근에는 제대로 대화도 나눈 적이 없는데 왜 나에게 묻는 걸까? 가지타에게 물어보았다.

"친구잖아?"

가지타는 망설임 없이 대답했다. 적어도 가지타는 그렇게 본 모양이다.

"그보다 왜 그런 거야?"

가지타가 재촉했다.

뭐라고 대답해야 할지 고민하는 사이, 가지타가 볼을 부풀렸다.

"어디 아픈 건 아니지? 그런 이유라면 보건부장에게 먼저 얘기해야 해. 선생님께 직접 찾아가서 집에 가야 할 것 같다고 말하면 보건부장은 뭘 하고 있었냐고 혼날 거야!"

그래서였구나. 가지타는 보건부장인가 보다. 배낭을 들고 교실을 나간 게 몸이 안 좋아서 보건부장을 건너뛰고, 선생님께 직접 말씀드리고 집에 가려는 건 아닌지 걱정했나 보다.

"아, 알겠어. 나중에 오면 전해 줄게."

가지타는 말없이 고개를 끄덕였다.

나는 가지타가 화가 난 건지 아닌지 판단하기 어려웠다. 예전에 한숨을 쉬었던 이유도 결국 알지 못한 채 지나가 버렸고. 역시 확실하게 물어보고 대답을 듣지 않으면 알 수 없을 것 같았다.

"그런데 말이야, 지난번에는 왜 나한테 한숨 쉬었는지 얘기해 줄 수 있어?"

가지타는 기억이 잘 나지 않는지, '언제를 말하는 거지?'라는 표정으로 눈썹을 찡그렸다.

"그게…… 'AI'에 관한 수업 시간에 포요를 지목했는데, 내가 대답했을 때……"

그제야 기억났는지 허공을 보더니 이렇게 이야기했다.

"'닥터 Z'라는 말을 생각보다 괜찮아하는 것 같아서 그 랬어."

그 부분이 문제였을 줄이야.

"딱히 뭐, 그런 말에 들뜨거나 하지는 않아."

"그렇구나. 그럼 다행이고."

시큰둥한 대답이었지만, 나는 여자아이와 이렇게 길게 대화해 본 기억이 거의 없다. 그 사실에 용기를 얻어, 전부터 궁금했던 것을 물어보기로 했다.

"혹시 하나 더 물어봐도 돼?"

"뭔데?"

가지타는 야무진 표정으로 나를 보았다. 눈매가 길고 시원한 데다 눈동자가 깊어 보고 있으면 빨려 들어갈 것 같아 조금 두근거렸다.

"그…… 테츠…… 아니, 그러니까…… 구로다는 전부터 그렇게 말을 잘 안 했어? 아무리 그래도 말이 너무 없는 것 같지 않아?"

가지타는 눈을 번뜩였다.

"뭐야? 친구인데 그것도 몰라?"

"아니, 뭐, 꼭 친구라고 할 수는……."

가지타는 가볍게 나를 노려보았지만, 그래도 알려 줘야겠다고 판단한 것 같았다.

"선택적 함묵증이라는 병이래. 1학년 때 들었어."

"선택적 함묵증?"

"특정 사람하고만 대화한대. 학교에 오면 전혀 말을 하지 못해. 지금은 포요하고만 대화하는 것 같아. 가토 선생님도 알고 계셔서 한 번도 지목하지 않으셨고."

그러고 보니, 수업 시간에 지목당하는 걸 본 적이 없었다.

"말하고 싶은 의지는 있대. 그런데 말하려고 하면 목이 마비되는 것 같다고 하더라."

그런 병인 줄은 몰랐다.

"친구라면, 그 정도는 알아야지."

"아…… 그러게."

가지타는 이제 나에게 볼일이 끝났다는 듯, 서둘러 자리를 떠났다.

무엇을 위한 로봇인가

가지타에게 '전해 줄게'라고 대답해서, 오랜만에 포요에게 말을 걸어 가지타가 왔다 갔다 하는 것을 의심한다고 알려 주었다.

포요는 그 문제에 대해서는 아무 말도 하지 않고, 나를 가만히 보았다.

"오늘은 그 후로 어떠냐고 안 물어보네."

"어?"

"전에는 자주 물어봤잖아. 이제는 관심 없나?"

"아니, 그런 건 아니고……."

그렇게 대답하자, 둘이 동시에 나를 뚫어지게 쳐다보았다. 덕분에 등이 오싹해졌다.

"자이젠이 충전이 필요하다는 걸 알아채기도 했고, 계속 걱정하니까 텟짱이 한 번 더 동료로 받아 주자고 하더라고. 어떻게 생각해?"

물론 그 후로도 로봇의 상태가 계속 신경 쓰였다. 하지만 기뻐하는 모습을 보이는 건 어쩐지 자존심이 상했다. 그래서 최대한 담담하게 대답했다.

"걱정되긴 했지만 너무 집요하게 물어보면 안 될 것 같아서."

그러자 둘은 서로 얼굴을 마주 보았고, 고개를 끄덕였다.

"그럼 괜찮으면 오늘 비밀 기지로 와."

'좋았어. 이제 다시 로봇을 조사할 수 있다!'

서둘러 집으로 돌아가 무거운 현관문을 열자, 엄마가 '이제야 오네!'라고 하며, 현관에서 기다리고 있었다.

"왜?"

불길한 예감이 들어 무뚝뚝하게 대답하자, 엄마가 부담스러운 미소를 지으며 내 팔을 잡았다.

"학원 다니는 거 말이야. 다시 생각해 보면 어때?"

"어?"

"누나는 다 잘해서 초등학생 때부터 다닐 필요는 없었어. 그런데 코우는 잘하는 과목이랑 그렇지 않은 과목이 차이가 크잖아? 그래서 말인데, 지금 한 번 더 가 볼까?"

나는 몸을 비틀며 잡힌 팔을 빼내려고 했다.

"오늘은 안 돼. 놀기로 약속해서."

이 상황에서는 그 말밖에 할 수 없었다.

"뭐?"

엄마는 깜짝 놀라 잡고 있던 팔을 놓았다.

"같이 놀 친구가 생겼어?"

'포요랑 테츠가 친구인가?'라는 의문이 들었지만, 지금은 그런 얘기를 할 때가 아니다.

"뭐…… 그런 것 같아."

엄마는 잠시 숨 쉬는 것도 잊은 채, 얼굴 앞에서 '짝' 하고 요란한 소리를 내며 양손을 마주쳤다.

"잘됐다!"

그것만으로는 만족이 되지 않았는지, 내 등도 '팡' 하고 쳤다.

"와, 축하해! 오늘 저녁에 맛있는 거 먹어야겠네."

"됐어요, 뭘 그렇게까지."

"아니야, 엄마가 정말 기뻐서 그래."

엄마가 정말로 눈물을 흘릴 것 같아 민망해져 서둘러 집을 나왔다.

비밀 기지에 도착하자 안에서 소리가 들렸다. 오랜만이라 사당 앞에서 어떻게 말을 걸지 고민하는데, 타이밍 좋게 테츠가 안에서 문을 열었다.

포요는 '후아아암' 하고 크게 하품하다 나를 발견하자, 평소처럼 부드럽게 미소를 지었다. 덕분에 망설임이 사라졌고 자연스럽게 안으로 들어갈 수 있었다.

사당 안은 아기들이 가지고 노는 장난감들로 가득했다. 포요에게 나이 차가 나는 동생들이 있다고 했으니, 아마 동생들 거겠지.

장난감 사이에 로봇은 놀랍게도 포요의 어깨에 매달리듯 서 있었다. 저 다리로! 도대체 어떻게 균형을 잡고 있는 걸까? 고장 나지는 않았을지 많이 걱정했는데!

"혹시 걸을 수 있어?"

포요는 기쁜 듯 '후후' 하고 웃었다.

"아직 겨우 붙잡고 서는 정도야."

정상적으로 움직일 수 있다면, 언어 능력에도 변화가 생겼을지 모른다.

"그, 그럼, 말할 수 있어?"

"응? 아니, 아직 아기인걸."

그러자 로봇은 '부우우' 하고 불만을 드러내며, 포요의 어깨에 매달린 채 조심스럽게 한쪽 다리를 들어 한 걸음을 옮겼다. 그리고 반대쪽 다리도 천천히 그쪽으로 이동했다.

"해, 내, 따(해냈다)!"

로봇은 또렷한 목소리로 말했다. 우리 셋은 얼떨결에 서로의 얼굴을 쳐다보았다.

"뭐야, 말도 할 수 있잖아!"

붙잡고 걷고 말도 하다니. 정말 큰 변화다! '꼭 다리 구조를 확인해 봐야겠다!' 하고 생각하는데, 이번에는 천천히 포요의 등에서 가슴 쪽으로 돌며 이동하더니, '해, 내, 따(해냈다)!'라며, 기쁜 듯이 두 눈을 산처럼 만들었다.

"대단해, 대단해!"

포요는 로봇을 살포시 안고, 볼을 마주 비볐다. 로봇은 뿌듯한 표정으로 미소 지으며, 포요에게 주먹을 내밀더니 '포, 요, 엄, 마'라고 말했다.

"어?"

포요는 잘못 들은 건 아닌지 확인하려는 듯 테츠와 나를 보았다.

테츠가 고개를 끄덕이자, 포요의 눈이 촉촉해졌다.

"들었어? 내가 포요라는 걸 정확히 알아! 게다가 엄마래! 처음 말을 걸어서 그럴까? 아 정말, 어쩜 이렇게 똑똑하지!"

그러고는 로봇을 다시 한번 꼭 안아 주었다. 로봇은 도망치듯 몸을 비틀더니, 이번에는 테츠에게 주먹을 내밀었다.

"테, 짱."

발음은 약간 부정확했지만, 사람을 정확하게 구별했다.

테츠는 말을 하지 않으니 음성 인식은 아닌 것 같다. 그럼 얼굴 인식일까? 얼굴의 어느 부분으로 판단하는 걸까? 눈일까, 아니면 얼굴 전체의 균형일까? 나는 로봇의 움직임과 포요, 테츠의 움직임이 관계 있는지 관찰했다.

테츠는 여전히 무표정이다. 그래도 로봇을 뚫어지게 바라보는 걸 보니 기뻐하는 것 같다.

다음으로 로봇은 얼굴, 즉 카메라를 나에게로 돌렸다. 역시 얼굴을 인식하는 것 같다.

하지만 잠시 후에도 로봇은 팔을 뻗지도, 이름을 부르지도 않았다. 나에 대한 데이터는 부족한 것 같다. 그건······ 조금 아쉬웠다.

"무, 정말 대단해! 언제 이렇게 공부했어?"

포요는 애정 가득한 목소리로 칭찬했다.

"응? 이 로봇 이름은 '박스'였잖아?"

"응, 맞아."

"근데 지금······"

"'무'라고 이름 지어 줬어. 그치?"

그리고 로봇 얼굴에 가까이 다가갔다.

"'박스'는 아무래도 과자 상자 이미지가 너무 강해서 별로 안 어울리는 것 같았거든. 그래서 바꿔 줬어."

내 관심은 그쪽이 아니었다.

"어떻게 바꾼 거야?"

"어떻게 바꿨냐고?"

"그러니까 설정 말이야. 어딘가에 설정을 바꿀 수 있는 패널이 있었어? 아니면 설정을 바꾸는 방법을 찾았어?"

적어도 나는 분해하면서 발견하지 못했다. 컴퓨터 같은 외부 기기로 설정을 변경할 수밖에 없을 것 같았다.

포요는 어리둥절한 표정으로 테츠를 보았다. 테츠는 나를 피하듯이 몸을 돌리며 포요에게 무언가 귓속말을 했다.

"아, 그런 거였어? 이름을 바꾸는 게 설정을 바꾸는 거구나."

"설정을 바꾸지 않고 어떻게 이름을 바꿨어? 그걸 알고 싶어."

내가 재촉하자, 포요는 아무렇지 않게 대답했다.

"'오늘부터 무야'라고, 얘한테 알려 주었을 뿐이야. 그렇지?"

포요는 다시 로봇의 눈을 들여다보며 미소를 지었다.

그것만으로 설정을 변경했다고?!

"그래서? 그다음엔?"

"그다음이라니. 이름을 왜 무라고 지었는지는 안 물어 봐?"

"아, 그거?"

그건 대충 상상이 간다.

"그야 무 대륙*에서 따왔겠지."

수수께끼의 대륙 무. 꽤 고상한 이름을 떠올렸구나, 하고 조금 다시 본 건 사실이다. 그런데…….

"응? '무 대륙'이 뭔데?"

"몰라?"

설명을 해 주려는데, 포요가 입을 막으려는 듯 설명을 시작했다.

"싫다고 불평할 때마다 입을 무(ㅁ) 모양으로 만드는 거야. 그게 정말 귀엽더라고. 그래서야!"

기대하지는 않았지만, 가능하면 무 대륙에서 따왔다고 얘기해 주길 바랐다…….

무 대륙 기원전 7만 년 경 남태평양에 존재했다고 여겨지는 가상의 대륙.

"또 뭘 할 수 있어? 아무래도 이것저것 보고 들으며 학습하는 방식 같은데. 예를 들면 너희 흉내를 낸다거나, 한 번 들은 말을 잊지 않고 기억한다거나."

포요는 '하하' 웃으며 테츠를 보았다. 테츠는 곤란한 듯 눈썹이 팔(八) 자 모양이었다. 어쩌면 웃고 있는지도 모른다.

"말했잖아. 무는 아직 아기라고. 할 수 있는 건 거의 없고, 조금씩 배워 나가고 있어. 그보다 내 감자칩에 더 관심이 많은걸. 그렇지?"

포요가 로봇에게 말하자, 로봇은 마치 알아들은 듯 고개를 끄덕였고, 포요 옆에 놓인 감자칩 봉지에 얼굴을 바짝 가져다 댔다. 킁킁대며 냄새를 맡는 듯하더니, 눈을 산 모양으로 가늘게 떴다. 먹을 수 없는데도 불구하고, 음식 냄새를 아는 것 같았다.

"조금씩 쉬운 단어로 얘기하다 보면, 나중에는 자연스럽게 말할 수 있지 않을까?"

포요는 아기와 유사한 진화를 상상했다. 이래서 대화가 통하지 않는 상대는 힘들다.

"아니야. 인간형 로봇이니까 그 형태를 살린 일을 할 수 있도록 점점 더 학습하고, 목적에 맞게 효율적으로 움직일 수 있도록 프로그래밍 되어 있을 거야."

나는 결심하고 설명을 시도했다.

"청소 로봇은 청소하기 위해, 스마트 스피커는 지시받은 대로 가전제품을 조작하거나 질문에 대답할 수 있도록 알맞게 프로그래밍되어 있어."

둘은 그저 말없이 듣고만 있었다.

"인간형은 사람 같은 이유가 분명 있어. 예를 들면 '페퍼'라는 로봇은 안내가 주목적이야. 사람들이 하는 말을 이해하고, 적절한 지시를 내릴 수 있지. 손님을 따라다닐 정도로 걸을 수 있으면 돼서 다리 대신 바퀴가 달려 있어."

한때는 여러 가게 앞에 '페퍼'가 서 있곤 했다.

"'로비'는 커뮤니케이션 로봇이야. 그래서 간단한 대화를 하거나 춤을 출 수도 있고, 귀여운 디자인이야. 외모가 중요하거든. 크기는 작아도 역할을 충분히 해낼 수 있어. 그보다 꽤 수준이 높은 '나오'라는 휴머노이드 로봇도 있었어."

'로비'는 꽤 보급화되었던, 장난감처럼 생긴 이족 보행 로봇*이다. '나오'는 기능이 많아 가격도 상당히 비싸다.

포요는 이야기를 따라오기 힘든지, '후아아암' 하고 천장을 보며 크게 하품을 했다.

이족 보행 로봇 두 발로 걷는 로봇.

하지만 테츠는 여전히 주의 깊게 듣고 있었다.

"최근에는 '약한 로봇' 종류도 나오고 있어. 커뮤니케이션
이 목적이라 사람에게 도움도 받아. 기계라고 하기에는 애
매해서 나는 별로 매력을 못 느끼겠어. 그 외에도 반려동물
을 대신하는 대형 로봇 '마이보'는 개를 기를 수 없는 집에
대체품이 될 수 있어. 배변 처리나 산책이 필요 없어서 번거
롭지 않고 힐링이 목적일 거야. 이 녀석도 그런 종류 같은데,
인간을 닮은 부분들이 전혀 제 역할을 못 해. 세 시간 간격
으로 시끄럽게 우는 기능은 오히려 귀찮을 뿐이잖아. 만든
목적이 뭔지 모르겠어."

"반려동물이라니, 너무해!"

포요는 울상이었다.

"최근에는 거의 울지 않아. 한 살 정도 된 것 같아."

"그렇게 진화가 느린 이유가 뭘까? 왜 더 빨리 학습하지
않지?"

"귀엽잖아, 그거면 충분해!"

'아, 정말' 하며 고개를 숙였다 들자 테츠와 눈이 마주쳤
다. 테츠가 무슨 생각을 하는지 전혀 알 수 없었지만, 어쨌
든 나를 주의 깊게 보고 있었던 것 같다. 그러더니 바로 눈
을 피했다. 슬퍼 보이기도 했다. 정확히 표현하기는 어렵지

만, 아주 약간 표정이 드러났던 것 같았다.

"실례지요. 반려동물이라느니 약하다느니."

로봇에게 말을 거는 포요를 보자 떠올랐다. 그래, 이 로봇의 목적은 바로 이거구나!

"대상이 반려동물이면 하는 말은 뻔하잖아. 사람이면 자기도 모르게 비밀을 말할 수 있어. 그러니까 이 로봇은 아마 도청이나 도촬용 로봇일 거야!"

음, 이 이유면 나도 이해가 갔다.

"너, 이제 가!"

포요는 어째서인지 화를 내며, 나를 사당에서 쫓아냈다.

무, 대소동

그날 이후, 두 사람과 함께 하는 일은 없었다.

그러던 어느 날, 5교시 수업이 끝날 무렵, 선생님이 사회 부장 가와다에게 자료실에서 입체 지도를 가져오라고 했다.

그때 포요가 갑자기 손을 들었다.

"무슨 일이죠? 이시이."

선생님은 고개를 갸웃했다.

"그, 저……"

'오늘도 무를 자료실에 숨겼구나' 하고 짐작했다.

"제 제 제, 제가, 다녀오겠습니다."

"왜죠?"

선생님은 눈을 가늘게 뜨고, 고개를 앞으로 내밀며 포요를 쳐다보았다.

"그, 그게요. 크고 무거우니까 제가 다녀오는 게…… 나을 것 같아서요. 국어부라서, 그 교실에 물건을 가지러 가기도 하니까, 음…… 보관해 두는 곳을 알고 있고……"

"흐음."

선생님은 눈을 더욱 가늘게 떴다.

"뭐야, 쟤?"

"쟤, 가와다한테 관심 있나?"

포요가 왜 그런 말을 하는지 다들 영문을 몰라 어리둥절해하는 것 같았다.

"아니요, 선생님은 가와다에게 부탁했어요. 혼자서도 충분하니까 가서 가져오세요."

선생님은 차갑게 말했다.

포요가 매우 당황해했다.

더 이상 이야기해 봐야 득이 되지 않았다. 이제는 무를 믿는 것 외에는 방법이 없다.

나의 덧없는 희망은 사라졌다.

쉬는 시간이 끝날 무렵, 가와다는 멍한 얼굴을 한 채 빈손으로 교실에 돌아왔다. 무슨 일이 있었음을 금방 알 수 있었다.

"아, 저기⋯⋯."

"무슨 일이니? 입체 지도는 왜 안 들고 왔어?"

"자료실에 작은 로봇이 있었어요."

"뭐?"

"콧노래를 부르더라고요."

'어라? 그 녀석 노래도 부를 수 있나 보네?'

가와다는 뾰로통한 얼굴로 선생님을 노려보며 빠르게 따지듯이 물었다.

"그런 귀여운 로봇을 언제 사셨어요? 왜 저희에게 소개해 주지 않으셨어요?"

"뭐라고?"

"제가 '안녕'이라고 했더니, '안녕'이라고 하더라고요. '입체 지도를 가지러 왔어'라고 하니까, '들어와'라고 친절하게 대답해 줬어요."

가와다는 점점 더 빨리 말했다.

"그런데 나가려고 하니까 '가자, 같이'라고 하는 거예요. 데리고 가도 되는지 고민하는데 뒤에 있던 바퀴 달린 의자를 밀면서, 엄청 빠르게 복도로 나가 버렸어요⋯⋯."

내가 마지막으로 봤을 때는 무언가에 의지하며 겨우 걸음마를 하는 정도였는데. 의자를 보행기처럼 밀면서 걸었다고?

"지금 그게 무슨 얘기니?"

선생님은 전혀 이해하지 못하는 것 같았고, 오히려 가와다가 이상해진 건 아닌지 걱정하는 모습이었다.

"가와다, 어제 몇 시에 잤니?"

운 좋게 이동했어도 멀리 가는 건 무리다. 게다가 자료실은 3층이다. 복도를 오가는 것 말고는 할 수 있는 게 없을 거다. 그런데 달카닥하고 의자를 끄는 듯한 요란한 소리가 운동장 쪽 창문에서 들려왔다.

모두가 앞다투어 창문으로 달려갔고, 건물 출입구 바로 앞, 아스팔트가 깔린 곳을 내다봤다.

"선생님, 저기요!"

가와다가 팔을 쭉 뻗었다.

무가 의자를 밀며 꽤 빠른 속도로 나아가고 있었다. 저 모습으로 정말 걸을 줄이야!

무릎이 없기 때문에 뒤뚱거리며 큰 보폭으로 다리를 번갈아 내디뎠다. 도대체 어떻게 했을까? 꼭 구조를 다시 확인해 보고 싶다!

"다, 다들 여기 꼼짝 말고 있어요!"

선생님은 굳은 얼굴을 하고는 밖으로 뛰어나갔다.

무의식중에 우리 셋은 바로 근처에서 밖을 내다보았다.

포요는 눈물이 그렁그렁했다.

"아, 아, 걷고 있어. 기뻐하는 것 같아."

'해, 내, 따(해냈다)!'라고 말하며 걷고 있는지도 모른다.

"그런데 어떻게 아래층까지 내려갔을까?"

포요가 고개를 갸웃했다.

급식 배식용 엘리베이터를 사용하지 않았을까? 엘리베이터가 있는지는 어떻게 알았을까? 그동안 수업 중에 몰래 빠져나가 탐색했을지도 모른다.

이제 달카닥거리는 소리가 들리지 않는다. 무가 아스팔트 구역을 벗어났다는 뜻이다. 의자 없이는 도저히 걷지 못할 것 같지만, 이제는 무슨 일이 일어나도 놀랍지 않다.

"혹시 원래 주인한테 돌아간 건 아닐까?"

포요의 말에 가슴이 철렁 내려앉았다.

만약 분실물이라면 당연히 주인이 있을 것이다. 주인의 정보가 입력되어 있다면, 돌아가는 것도 가능하다.

"무가 이제 좀 말할 수 있잖아. 우리가 가지고 있었다는 걸 들킬지도 몰라. 어떡하지? 혼나는 거 아니야?"

그렇게 되면 내가 함부로 손댄 것도 들킬 수 있다. 아, 큰일 났다!

불안이 온몸을 휘감았다. 분해해서 고장 난 게 들키면 꾸지람을 받을 수도 있다. 어떻게 해서든 선생님보다 먼저 찾아야 한다…….

하지만 절대 교실 밖으로 나가서는 안 된다는 금지령이 내려졌다.

선생님들이 교내외를 샅샅이 수색한 끝에, 의자는 학교 정문 바로 앞에 있는 도로 근처에서 발견했다. 로봇은 그대로 역으로 향한 것 같다고 했다. 그래도 '수상한 자'가 아직 교내에 숨어 있을 수도 있어 예방 차원에서 모든 학년이 다 같이 하교했다.

우리는 서로 등지고 있을 상황이 아니었다. 그 다리로 멀리 가지는 못 했을 거다. 일단 집으로 돌아가 각자 집 주변을 찾아보고, 다시 학교에 모이기로 했다.

포요와 테츠는 몸도 마음도 지쳐 힘없이 비틀거렸다. 오는 길에 상점 사람들과 행인들에게 물어보았지만, 모두 무를 찾지 못했다. 도로 옆에서 발견한 의자는 학교 정문 옆에 바퀴가 부서진 채 놓여 있었다.

"어디로 가버린 걸까…….''

포요는 매우 풀이 죽었다. 진정하자. 이럴 때일수록 논리적으로 생각하는 것이 중요하다.

무가 주인에게 돌아가려면 GPS*가 필수다. 만약 무에게 GPS가 달려 있다면, 주인이 이미 찾으러 왔을 거다. 하지만 아무도 오지 않은 걸 보면 GPS가 없을 수도 있다. 그렇다면 돌아가기는 힘들다.

어쩌면 무는 필요 없어졌을 수도 있다. 도청이나 도촬용 로봇이기 때문에 찾으러 오지 못하는 걸 수도 있다.

아니면 GPS는 달려 있지만, 강가로 떨어진 충격 때문에 고장 났을 가능성도 있다. 그런 경우, 어떤 계기로 GPS가 복구된다면 집으로 돌아갈 수 있다. 그렇게 되면, 주인은 지금까지의 행적을 조사할 것이다. 그건 정말 큰일이다. 우리의 대화가 재생될 수도 있고, 나에게 고장 낸 대가로 배상을 요구할지도 모른다.

'아…… 이대로 무를 찾지 못하면 어떡하지?'

두려운 마음에 숨이 가빠 왔고, 가슴 안쪽이 저릿저릿했다.

"찾을 수…… 있겠지?"

포요는 우는지, 몸을 부들부들 떨며 내 팔에 매달렸다.

"응, 반드시 찾아야지."

GPS 위성을 통해 위치를 파악하는 시스템.

"어떡하지? 무가 없다는 게 상상이 안 돼. 슬퍼, 너무 슬퍼. 아아, 참을 수가 없어."

포요는 몸을 비틀며 슬프다고 호소했다.

나는 침착하게 내 생각을 전했다.

"그 다리로는 멀리 못 갔을 거야. 빠르게 움직이지도 못했을 텐데. 학교 밖에서 봤다는 정보도 없었고. 의자도 부서졌으니 다시 학교 안으로 돌아갔을 수도 있어."

포요는 힘없이 나를 보았고, 테츠는 포요보다는 더 힘이 담긴 눈으로 나를 쳐다보았다.

"선생님들이 그렇게 열심히 찾아보셨잖아."

"알아. 하지만 가토 선생님 말고는 무를 보지 못했으니까, 그냥 지나쳤을 수도 있어. 일단 밖에서 목격했다는 얘기가 없었으니까 학교 안을 샅샅이 찾아보자."

두 사람에게는 말하지 않았지만, 학교 밖에서 목격된 정보가 없다는 건 트럭 짐칸에 숨어들었을 가능성도 있다는 생각이 들었다. 그렇게 되면 더 이상 찾을 방법이 없다. 주인에게 돌아갔을 가능성도 더 높아진다. 아…… 제발 학교 안에 있기를!

두 사람도 지금 할 수 있는 건 학교 안을 찾아보는 것밖에 없다는 말에 동의했고, 셋이 이곳저곳을 찾아보았다.

배수로, 체육관 뒤, 학교 건물 뒤, 선생님들의 차 밑, 그리고 뒷산까지. 그 녀석의 다리로 올라갈 수 있을 만한 곳만 들어가서 살펴보았다.

"배고파."

포요는 한심한 소리를 했다.

"이런 상황에서도 배가 고프다니."

내가 어이없어하자, 테츠도 비슷한 표정으로 포요를 보았다.

"어쩔 수 없잖아. 먹는 걸 좋아하니까. 무도 배가 고프지 않을까?"

먹지도 못하면서 감자칩에 관심이 있었지.

"그거야!"

"뭐, 뭐가?"

"그 녀석 매일 급식실에서 나는 음식 냄새가 신경 쓰였을 거야. 그래서 뒤뚱뒤뚱 걸으면서 자료실 밖으로 나왔고, 엘리베이터를 발견한 거야."

"아…… 그럴 수도 있겠네."

포요도 동의했다.

"그렇다면 오늘도 음식 냄새가 나는 급식실 근처로 가지 않았을까?"

테츠는 여전히 아무 말도 하지 않았지만, 내 눈에는 '거기는 이미 살펴봤어'라고 말하는 것처럼 보였다.

"일단 다시 한번 찾아보자."

트럭이 드나드는 장소, 창문 아래, 급식 아주머니들이 드나드는 출입구. 숨을 만한 곳이 거의 없었다.

"안에 있을까?"

포요는 몹시 촘촘한 특수 방충망이 달린 창문을 통해 안을 들여다보았다. 문은 굳게 잠겨 있었다.

"아!"

셋이 동시에 발견했다. 트럭 출입구 근처에 방치된 화단이 있다. 이리저리 자라난 시들시들한 유채꽃 화단 속에 무가 폭 파묻혀 누워 있었다.

포요가 무를 안아 들었지만, 전혀 움직이지 않았다.

냉각 팬이 윙윙거리는 소리가 들렸고, 편안하게 잠든 것처럼 보였다. 어디에 부딪혔는지 이마에 상처처럼 비스듬히 검은 선이 생겼다.

"엄청 피곤했나 봐. 그래도 찾아서 다행이야."

"이제 한숨 돌릴 수 있겠네."

일단 불안이 상당히 가라앉았다.

"같이 찾아 줘서 고마워."

포요는 내게 고개를 숙였고, 테츠도 그 모습을 보고 고개를 숙였다.

"어?"

"자이젠이 진심으로 찾고 있다고 느꼈거든. 무가 이대로 주인에게 돌아가 버리면 슬플 것 같았지? 정말 기뻤어."

테츠도 작게 고개를 끄덕이는 듯했다.

"아……."

'그럴 리가. 망가졌을지도 모르고, 주인에게 들키면 곤란해지니까'라고는 말할 수 없어 머뭇거렸다.

"텟짱, 그럼 오늘 밤에도 잘 부탁해."

포요가 무를 건네려고 할 때, 순간적으로 입을 열었다.

"괜찮다면 오늘은 내가 맡을게."

지금보다 더 망가지는 건 무서웠지만, 끊어질 듯한 선을 보강할 수 있을지 한번 더 시도해 보고 싶었다. 그뿐만 아니라 관절 없이 움직이는 다리 구조와 다른 센서도 좀 더 확인해 보고 싶었다.

두 사람 모두 내가 무를 사람처럼 생각한다고 여겨서인지 놀라울 정도로 쉽게 허락해 주었다.

분해하려고 했지만

나는 서둘러 저녁 식사를 마치고, 방에 들어가 문에 커튼 봉을 끼웠다. 엄마는 TV를 보고 계셔서 약간의 소음은 숨길 수 있을 것 같다.

일단 전원부터 끌 생각으로 아직 잠자고 있는 무를 손가방에서 꺼냈다. 그런데 갑자기 무가 내 앞에 서서 가슴을 펴더니 주먹 쥔 손을 자기 가슴 위에 얹었다.

"나, 무. 오늘의 행운 아이템…… 화단."

갑자기 태도가 돌변해서 당황했다. 이러니까 꼭 평범한 로봇처럼 보였다!

"그, 그렇구나. 그런 말도 하는 거 보니 날씨 정도는 쉽게 알려 줄 수 있겠네?"

"날, 씨?"

"응. 오늘이나 내일 일기 예보. 난 행운의 아이템보다 그
게 더 알고 싶은데."

무는 잠시 얼어붙은 듯 움직이지 않았다. 혹시 고장 난 건
아닐지 걱정하던 찰나, "몰라"라고 대답했다.

'제일 먼저 그런 프로그램을 세팅해 두었을 것 같은데'라
고 의아해하다 문득 깨달았다.

지금 있는 곳의 날씨를 조사하려면 GPS가 필요하다. 역
시 GPS가 고장 났거나 없는 것 같다.

무가 이번에는 나에게 주먹을 내밀었다.

"왜? 나도 자기소개를 하라고?"

무가 고개를 끄덕였다.

로봇을 상대로 자기소개를 하게 될 줄이야.

"나는……."

잠깐. GPS가 고장 났어도, 도청이나 도촬 가능성은 있다.
지금은 이름을 밝히지 않는 게 좋겠다. 무엇보다 전원을 먼
저 꺼야 한다.

서둘러 무를 두 손으로 들어 올린 뒤 그대로 무릎 위에
올렸더니, 무가 손발을 버둥거리며 저항했다.

"싫어, 싫어!"

그렇게 말해도 멈출 수는 없었다. 배에 있는 네모난 판을 떼어 내려 하자, 무가 더 심하게 몸부림쳤다. 게다가 크게 소리를 내는 바람에 거실에서 엄마 목소리가 들려왔다.

"이게 무슨 소리니?"

"그게 라디오 상태가 좀 이상해서."

적당히 둘러댔지만 또 시끄럽게 하면 큰일이다. 무에게 얼굴을 가까이 대고 작은 목소리로 말했다.

"전원을 끄고 확인하고 싶은 게 있어."

그러자 무가 내 흉내를 내며 얼굴을 살짝 앞으로 내밀더니, 작은 소리로 말했다.

"무…… 전원…… 끄기."

"맞아."

"무…… 죽어."

"누구야, 그런 말을 가르쳐 준 게. 죽는 게 아니야. 다시 전원을 켜면 오히려 개운해질 거야."

컴퓨터가 멈췄을 때, 재부팅하면 나아지기도 한다.

"부우! 부우!"

또다시 크게 소리를 내는 바람에, 곧바로 무의 얼굴 양옆에 있는 입을 대신하는(스피커일 가능성이 높은) 그물 모양의 작은 구멍을 양손으로 틀어막았다.

엄마 목소리가 아까보다 더 사나워졌다.

"코우, 정말 라디오 소리니?"

"어? 아, 상태가 안 좋아서 고쳐 보려고……."

나는 무를 노려보며 진짜로 화가 났다는 게 전해지도록, 작고 낮은 목소리로 말했다.

"잘 들어. 우리 집 규칙이야. 큰 소리를 내면 창밖으로 쫓겨나. 알겠어?"

무는 눈을 세모 모양으로 떴다.

"규칙을 어기면 곧장 밖으로 던져 버릴 거야."

눈싸움이 계속되었다. 무가 작은 소리라도 내려고 할 때마다 창문을 여는 척하며 스피커를 손으로 완전히 틀어막았다.

결국 무는 체념한 듯 고개를 끄덕였다.

다음은 가능한 한 빨리 도청과 도촬에 대한 대책을 세워야 한다.

지난번에 살펴본 바로는 스피커와 마이크, 카메라, 그리고 냄새 감지 센서도 머리의 작은 구멍 부분에 있는 것 같았다. 그러니 머리만 잘 덮어씌우면 된다. 귀마개가 달린 모자라면 효과가 있을 것 같다.

나는 옷장에서 귀마개가 달린 모자를 꺼내 무에게 씌우려고 했다.

그런데 무가 계속 고개를 흔들었다. 눈은 화가 난 것처럼 치켜 올라갔다. 아까보다 훨씬 단호하게 거부했다. 또다시 눈싸움이 계속되었지만 양보할 기미가 전혀 보이지 않았다.

하는 수 없다. 내가 주의해서 말하는 수밖에.

"나는 어떻게 이족 보행을 하는지 다리 구조를 보고 싶어."

그렇게 말했더니, 무가 따라 말했다.

"코우…… 다리…… 구조…… 보고 싶어."

"어? 내 이름을 어떻게 알아?"

이름은 모르게 하려고 했는데. 아까 엄마가 불러서 들었구나.

"코우…… 코우."

무는 기쁜 듯 반복해서 외쳤다.

"그만하라고! 그보다 그 구조로 걸을 수 있다는 게 믿어지지 않아. 그래서 말인데, 다리의 연결 부위나 움직일 때 어떻게 균형을 잡는지 보여 줄 수 있어?"

그러자 무가 방긋 웃었다.

"무…… 연습……했어."

"그런 의미가 아니고."

무가 다리를 앞으로 쭉 뻗고 앉았다. 다리의 연결 부위가 조금 보여 살펴보기는 했지만, 역시 분해하지 않고는 확인하기 어려울 것 같았다. 그리고 끊어질 듯한 선과 빠진 나사도⋯⋯.

하지만 꼬마처럼 다리를 뻗고 앉아 고개를 약간 갸웃하는 무가 정말로 조금 귀여워서 전원을 끄고 분해하려니 거부감이 느껴졌다.

그 선이 끊어져 버리면. 그 선이 무의 심장부로 연결되는 중요한 선이라면. 생각할수록 두렵다.

"그보다 너, 어디 안 좋은 곳은 없어?"

"무⋯⋯ 건강해."

무는 고개를 갸웃한 채 대답했다.

보기에는 확실히 문제가 없는 것 같다고 생각하며 관찰하는데, 무가 싱글벙글 웃었다.

"코우⋯⋯ 고마워."

아마도 내가 자기를 걱정해 줬다고 생각한 모양이다. 뭘까? 그렇게 말하니 더는 무에게 손댈 수가 없었다.

물건이다. 이론적으로는 분명히 알고 있다. 상호작용이 가능한 이유도 학습 프로그램에 다양한 것들이 입력되어 있기 때문이다. 하지만 처음부터 지금까지의 상황을 돌아보면 확실히 아기 같은 성장 과정을 보인다.

선을 보강해야겠다는 마음이었지만 전원을 끌 수 없었다.

테츠네 집

6월. 장마철이 다가왔다. 사택 화단에도 언제 심었는지 모를 거대한 수국 나무가 짙은 파란색 꽃을 피우기 시작했다.

등교하자마자, 포요가 "잠깐 괜찮아?"라며 테츠를 데리고 왔다. 테츠의 표정에서는 아무것도 읽을 수 없었지만, 포요의 표정은 어둡고 기운이 없어 보였다. 뭔가 문제가 생겼다는 걸 짐작할 수 있었다.

우리는 사람들의 시선을 피하며 교실 옆 계단을 통해 3층으로 올라갔다. 역시 이른 아침이라 인적이 없었다.

'결국 고장 났구나' 하고 긴장하며 듣는데, 그런 건 아니었다. 무를 가족들에게 들키지 않기 위해 학교에 데려오지 않을 때는 테츠의 방에 두었고, 휴일에는 공원이나 비밀 기지를 전전하며 데리고 다녔다고 했다.

"우리 집에 데려갈 때도 있었고, 가끔은 자이젠네 집에 다녀오겠다고 하고 집을 나서기도 했어."

그런데 여기서 문제가 생겼다.

"자이젠을 한 번도 못 만나 봤네. 그렇게나 자주 신세를 지는데, 우리 집에도 한 번은 초대해야 하지 않겠니?"라고 테츠네 엄마가 계속 재촉한다고 했다.

"그래서 말인데, 내일이 토요일이잖아. 텟짱네 집에 놀러 와 주면 안 될까?"

테츠는 온몸이 경직된 채 판결을 기다리는 피고인처럼 내 대답을 기다리고 있었다.

"음…… 그러지 뭐."

그렇게 대답하자 포요가 숙이고 있던 고개를 번쩍 들고 테츠의 등을 팡팡 두드리며 기뻐했다.

"정말 다행이다! 그치!"

그 덕분에 테츠는 심하게 기침을 했다.

그렇게 해서 다음 날 아침부터 집을 나섰다.

"친구네 집에 다녀올게."

그렇게 말한 뒤 집을 나서려는데 아니나 다를까, 큰 소동 이 벌어졌다.

누나가 내 이마에 손을 가져다 댔다.

"열 있는 거 아냐? 망상 같은데."

엄마도 좁은 방 안을 계속 왔다 갔다 했다.

"어머 세상에, 그럼 우리 집에도 초대해야겠네. 아이고, 어쩌지? 뭐라도 들고 가야 할 텐데. 뭐가 있으려나. 아휴, 정말. 그런 건 좀 더 일찍 얘기해 줬어야지!"

아빠는 남쪽에 자리한 다다미 여섯 장짜리 방에 누워 TV를 보며 중얼거렸다.

"거 봐, 내가 얘기했잖아. 코우도 친구 정도는 사귈 수 있다니까."

참고로 아빠는 내 일상을 전혀 모른다. 어제만 해도 "학교에서 캠프는 언제쯤 가니?"라고 물어봤다. 그건 5학년 행사인데 말이다.

그렇게 나는 처음으로 테츠네 집을 방문했다. 아니, 정확히 말하면 처음으로 같은 반 아이의 집에 방문한 것이다.

테츠네 집은 포요네 가게 바로 뒷골목이었고, 둘은 이웃이었다. 새로 지었는지 깨끗했다. 정원도 잘 가꿔져 있었고, 잡초도 자라지 않았다. 광고에 나올 법한 집이었다.

테츠네 엄마는 현관문 밖에 서서 기다리고 있었다. 우리 엄마보다 꽤 마른 체형이었고, 팔다리가 금방이라도 부러질 것처럼 가늘었다.

"네가…… 자이젠이니?"

"네."

내가 대답하자, 아주머니는 두 손을 천천히 뻗어 내 손을 생각보다 세게 잡았다.

"고마워, 고마워, 고마워"라고 말하며, 고개를 조금씩 숙이더니 갑자기 흐느끼듯 울기 시작했다. 예상치 못한 전개에 어떻게 해야 할지 당황하고 있는데, 포요가 말을 걸어 주었다.

"저…… 텟짱 방으로 올라가도 될까요?"

아주머니는 고개를 숙인 채로 몇 번이나 끄덕였다. 그리고 포요가 아주머니의 손을 잡자, 깜짝 놀라며 그제야 놓아 주었다.

포요가 내게 귓속말로 살짝 얘기해 주었다.

"아주머니가 새 친구가 생긴 게 너무 기쁘셔서 그래. 조금 과하시지?"

포요는 큰 소리로 '실례하겠습니다!'라고 외치며 집 안으로 들어갔다. 그래서 나도 따라 외치며 들어갔다.

집 안은 매우 조용했다. 밖과 달리 안은 시원했다. 다른 사람은 없는지 인기척이 느껴지지 않았다. 시끌벅적한 우리 집 분위기와는 많이 달라서 조금 당황했다.

테츠 방은 2층이었는데 햇볕이 아주 잘 들고 넓었다. 책장은 천장까지 닿을 정도로 높았고, 책장 위쪽에는 블록 장난감이 가득 진열되어 있었다. 조립해서 작동시키는 무선 조종 자동차와 애니메이션 주인공이 타는 날렵한 디자인의 비행기 '마블러스 V'. 가장 눈에 띄는 곳에는 스스로 프로그래밍해 움직이는 로봇이 있었다.

'마블러스 V'는 뜯지도 않은 상자가 하나 더 바닥에 놓여 있었다. 그 상자에는 '한정 수량 프리미엄'이라고 적힌 스티커가 붙어 있었다. 모두 상당히 비싸고 우리 집과는 인연이 없는 것들뿐이었다.

"대단하다."

나도 모르게 중얼거리자, 테츠는 곤란한 듯 울면서 웃는 것 같은 표정을 지었다. 나는 테츠가 어떤 기분인지 알 수 없었다.

"전부 아저씨 취미야."

포요가 대신 말하자, 테츠가 작게 고개를 끄덕였다.

"텟짱네 아빠는 어릴 때 이런 블록을 갖고 싶다고 해도 부모님이 사 주지 않으셨대. 그래서 생일이 되면 이것저것 사 주시는 것 같아."

테츠가 또 한 번 고개를 끄덕였다. 그리고 공부용 책상 위에 놓인, 이면지를 엮은 메모장에 샤프로 무언가를 적어 나에게 보여 주었다.

'다른 곳으로 전근 가셔서 따로 살고 있거든.'

그렇구나. 자주 만나지 못하니까 가격이 좀 비싸도 사 주는구나.

"저 로봇, 부속품도 전부 들어 있지? 부품도 이것저것 바꿔 가면서 자기가 원하는 대로 배치할 수 있다던데. 세계적으로 인기 있는 모델이잖아."

전부터 항상 갖고 싶었지만, 너무 비싸서 포기했었다.

테츠는 그 로봇을 선반에서 꺼내 노트북으로 지시하여 작동시켰다. 인간형 로봇으로, 기계 장치가 노출되어 구조가 한눈에 보였다. 무와 달리 어떻게 봐도 '기계'였다.

열중해서 바라보고 있는데, 포요가 옆에 쪼그려 앉아 얘기해 주었다.

"텟짱네 아빠가 전문가시거든."

"뭐라고?"

"로봇을 만드신대."

그러자 테츠가 살짝 고개를 기울이더니, 다시 메모장에 글자를 적었다.

'인간형이 아니라 산업용 로봇.'

"아, 그렇구나."

산업용 로봇은 제조 공장에서 사용하는 움직이는 팔이나 손만 있는 로봇을 말한다.

"그럼 로봇이나 'AI'에 대해 아는 게 많으시겠네. 그런 얘기도 자주 해?"

테츠는 잠시 고민하듯 가만히 있다가, 고개를 옆으로 저었다. 포요도 옆에서 쓴웃음을 지었다.

"음…… 뭐라고 해야 하나……."

"왜?"

포요는 뜸을 들이며 입을 열지 않았다.

"왜? 뭔데 그래?"

나는 테츠와 포요를 번갈아 보았다.

포요가 테츠에게 이야기해도 되는지 확인하듯 눈을 쳐다보았다. 테츠가 고개를 작게 끄덕이자, 포요가 드디어 입을 열었다.

"텟짱네 아빠는 엄청 바쁘셔서 집에도 거의 안 오시고, 영상 통화도 잘 안 거신대."

"우리 아빠도 비슷해. 블랙 기업이라면서 항상 불평해. 보통 10시나 11시가 되어서야 퇴근하셔."

"음. 그런 게 아니고⋯⋯."

"그럼 뭔데?"

포요는 다시 테츠를 보았다. 어디까지 이야기해도 되는지 확인하는 걸까? 둘만 통하는 눈짓을 하더니 서로 소통이 끝났는지 포요가 입을 열었다.

"예를 들면 말이야. 저기에 똑같은 비행기 블록이 있잖아?"

'마블러스 V' 이야기였다.

"저거, 생일 선물로 2년 연속 같은 걸 사 주셨대."

그때 무가 '선물?'이라고 되물었다. 아마도 처음 듣는 말일 것이다. 포요가 선물은 그 사람이 기뻐할 만한 물건을 주는 거라고 설명했다.

"텟짱, 좋아?"

무는 '마블러스 V'에 팔을 뻗으며, 고개를 갸우뚱했다.

"텟짱네 아빠는 그렇게 생각하신 것 같아."

포요는 난처한 듯 웃으며 이야기를 마쳤다.

나는 여전히 답답했다. 두 사람은 테츠네 아빠에 관한 이야기만 나오면 명확하게 대답하지 않았다.

모두 비싼 선물이었다. 2년 연속 같은 선물을 준 게 문제일까? 우리 아빠도 똑같은 실수를 한 적이 있다. 말을 아끼는 이유를 알 수 없었다.

　내가 프로그래밍으로 움직이는 로봇을 바라보고 있을 때, 테츠가 해 보라는 듯 내게 노트북을 내밀었다.

　"해 봐도 돼?"

　나는 예상치 못한 기회에 달려들 듯 조작하는 법을 배워 로봇을 가지고 놀았다. 지시한 대로 움직이는 로봇이 마치 나의 분신처럼 느껴져 기분이 정말 좋았다.

　무는 그 로봇이 마음에 들지 않는지 일부러 키보드를 두드리거나, 이족보행을 할 때 옆에서 주먹으로 밀어 넘어뜨리기도 했다. 내가 주의를 주자 무가 '부우' 하고 불쾌한 소리를 내며 내 팔에 가볍게 주먹을 날렸다.

　"뭐 하는 거야."

　내가 무에게 주의를 주자 포요가 한숨을 쉬었다.

　"무가 요즘 반항기인가 봐."

　"뭐?"

　"유치원생 정도 되면 자주 떼쓰잖아. 요즘 무가 딱 그래."

　그러고는 무의 이마에 얼굴을 붙이듯 하며, '못 말린다니까 정말'이라고 아기 말투로 이야기했다. 무는 불쾌한 얼굴로 '싫어!'라고 말하며 고개를 돌렸다.

　나는 기가 찼다.

"아니, 여러 번 말하지만 이건 로봇이야. 반항기라니. 그리고 로봇은 사람에게 위해*를 가해서는 안 된다는 게 원칙이야. 때리는 건 있을 수 없는 일이라고."

"그럼, 자이젠은 어떻게 했으면 좋겠는데?"

"아…… 그렇지. 음성인식으로 이름을 바꿀 수 있었잖아. 잠깐 줘 봐."

나는 무를 붙잡고 내 눈앞에 세웠다.

"너는 로봇이야. 사람 일을 방해하는 것도, 위험한 행동도 금지야. 이건 명령이야."

무는 곧바로 '싫어!'라고 불만을 표시하며 고개를 저었다.

'아, 정말.'

아니지. 더 이해하기 쉽게 설명해야 하는지도 모른다.

"때리는 건 안 돼."

그러자 무가 이번에는 순순히 '알았어'라고 대답했다. 역시 설명 방법이 잘못됐던 것 같다. 그렇게 고개를 끄덕이더니 곧바로 다시 툭툭 주먹을 날렸다.

"야, 안 된다고 얘기한 지 얼마나 됐다고 이래."

내가 주의를 주자, 무가 태도를 바꾸며 반박했다.

위해 위험과 재해를 아울러 이르는 말.

"이건…… '치다'."

분명 나를 놀리는 거다.

"이럴 때는 할머니가 직접 전수해 주신 마법의 문장이 딱이야."

포요가 무의 양쪽 어깨에 손을 얹고 진지한 얼굴로 이렇게 말했다.

"'내가 당하고 싶지 않은 행동은 상대방에게도 하지 않는다.' 알겠지?"

무는 어리둥절해했다. 그럼 그렇지. 너무 추상적인 표현이었다.

"아니. 좀 더 이해하기 쉽고, 구체적으로 전달해야 해. '당하고 싶지 않은 행동'도 우리와 다를 수 있어."

하지만 포요는 자신만만해 보였다.

"이건 상대방의 기분을 생각하는 첫걸음이야. 내 동생들도 이 말로 훈육하고 있어. 한 사람 한 사람이 이 마음을 잊지 않는다면 평화로워질 거야. 무도 이해할 수 있어!"

상대방의 기분을 생각하는 첫걸음이라니. 나를 겨냥해서 하는 말인가?

무는 여전히 별 반응 없이 어리둥절해했다.

"봐, 역시 이해하지 못하는 거라니까."

"그렇게 말하지 마. 어쩐지 할머니에게도 상처 주는 기분이야!"

포요는 평소와 다르게 볼을 잔뜩 부풀리고, 팔짱을 끼며 입을 꾹 다물어 버렸다.

그때, 테츠 엄마가 계단을 올라오는 소리가 들렸다. 우리는 허둥지둥 무를 벽장 속으로 숨겼다.

"잘 놀고 있니?"

"아, 네. 감사합니다."

포요가 공손하게 대답해서 나도 살짝 고개를 끄덕이며 인사했다.

아주머니는 두 번째 간식을 가져다주었다. 아까는 시폰 케이크였고, 이번에는 도라야키*였다. 포요는 "우아" 하고 외치며 크게 기뻐했다. 잘 챙겨 주어서 감사하긴 했지만, 이제는 좀 내버려두면 좋겠다.

아주머니가 내려가고 난 후, 바로 벽장에서 무를 꺼냈다.

어딘가 어색해진 나와 포요는 뾰로통해 있었다.

무가 나와 포요를 번갈아 보더니, 오뚝 서서 말했다.

"너희…… 말이야."

도라야키 원형으로 된 빵 두 장을 겹쳐 그 사이에 팥소를 넣은 일본 과자.

내 목소리와 거의 비슷해서 놀랐다.

"잘…… 놀고 있니?"

이번에는 테츠 엄마 목소리였다.

"못 말린다니까…… 정말!"

방금 이건 물론 포요의 아기 말투다.

"방금 '너희 말이야'라고 할 때, 자이젠이랑 말투가 완전 똑같았어!"

포요가 쓸데없는 말을 했다.

"뭐?"

"가토 선생님이랑 조금 비슷한 것 같기도 하고."

포요는 킥킥거리며 웃음을 참지 못했다.

"내가 언제 그런 말투로 얘기했다고 그래."

"그럼 본인은 그걸 못 느끼는 거야."

"포요야말로. 고개를 살짝 흔들면서 아기 말투로 말하는 거, 진짜 똑같던데."

"뭐?"

포요야말로 자기 태도가 어떤지 모르면서.

그러자 무가 갑자기 도라야키를 집어 들고, 포요에게 '선물'이라며 건네주었다. 덕분에 말다툼은 중단되었다. 포요는 손바닥 위에 놓인 도라야키를 보며 울 것 같은 표정을 지었다.

"무, 너 정말!"

무를 꼭 끌어안자, 무는 빠져나가려고 발버둥 쳤다. 그 모습이 너무 웃겨서 나도 모르게 '풋' 하고 웃음이 터졌다.

그런데 웃은 건 나뿐만이 아니었다. '쿠쿠쿠' 하고 비둘기 우는 소리가 들렸다.

테츠다. 테츠가 웃고 있었다!

목에 무언가가 걸려 찡그린 것처럼 보이기도 하지만 분명 웃고 있다. 나와 포요를 번갈아 보는데, 눈이 너무 즐거워 보였다.

처음이다. 테츠가 웃는 모습을 본 게. 나도 왠지 가슴이 뭉클해졌다.

"텟짱……."

포요는 눈물을 글썽였다.

"다행이다."

테츠는 그 말을 듣자, 갑자기 표정을 감추듯 원래의 무표정한 얼굴로 돌아가 버렸다.

일요일에는 두 사람 모두 무를 데리고 있기 어려운 상황이라고 해서 혼자 집을 볼 예정인 내가 맡기로 했다. 누나는 원정 농구 시합을 가고, 엄마도 외출하시는 데다, 아빠는 아

침부터 골프치러 간다고 했다.

"절대 전원을 끄거나 손대면 안 돼!"

"왜 못 믿는 거야."

"몇 번이나 전원을 끄자고 했으니까 그렇지."

"알겠어. 만약 또 곤란한 행동을 하려고 하면, '내가 당하고 싶지 않은 행동은 상대방에게도 하지 않는다'라고 타이르면 되잖아."

'분해할 기회, 하지만······.'

끊어질 것 같은 선이 신경 쓰였지만, 전원을 끄고 뚜껑을 여는 건······.

나도 논리적이지 않은 사고방식에 물들어 가고 있나 보다.

무와 단둘이

그날 밤. 무를 집으로 데리고 오자마자 '괜찮다고 할 때까지 절대 말하면 안 돼. 우리 집 규칙이야'라고 주의를 준 뒤 벽장 속 이불 위에 올려 두었다. 하지만 불안한 마음에 자주 벽장문을 열며 눈총을 주었다. 무가 어두워지면 '세이브 모드'로 전환되어 기능이 거의 정지된다는 것을 알게 되었다. 진화 같은 걸까? 3시간마다 울지도 않을 것 같다.

그렇게 긴긴밤이 지나고, 아침이 밝았다.

가족 모두가 나간 후, 벽장문을 열어 보니 무는 어젯밤에 넣어 둔 그대로, 얌전히 그 자리에 있었다.

"좋은 아침…… 코우."

"응."

"나는, 무."

"알고 있어."

"오늘의, 행운 아이템······ 새."

"매번 친숙한 것들이네."

대화를 나눈 후, 처음으로 내 방에서 나와 부모님 침실 겸 거실로 데려갔다.

무는 고개를 두리번거리며 말했다.

"아무도······ 없어."

"다들 외출했어. 그래서 내가 맡을 수 있던 거야. 만약 누가 있었으면 바로 경찰한테 보냈을걸."

"경, 찰?"

"무는 분실물이니까. 원래 경찰서에 신고해야 해. 그리고 나오 누나는 무서운 사람인데 마침 없어서 다행이야."

"나, 오?"

"응. 나무가 걷거나 동물이 말해도 전혀 신경 쓰지 않는 이상한 사람이야."

"나오······. 이상한 사람."

"응. 나오 누나한테 들키면 큰일 날지도 몰라."

무는 여러 번 고개를 흔들었다.

"무······ 포요 집, 가."

"오늘은 안 돼. 포요는 가족끼리 외출하기로 했대.

"…… 텟짱 집, 가."

"테츠는 할머니 댁에 간대. 오늘은 여기 말고 있을 만한 곳이 없어."

그 말에 무는 고개를 앞으로 숙였다. 실망한 듯 보였다. 그러고는 콘센트에 가까이 가더니 스스로 배의 뚜껑을 열고 바닥에 내려놓았다. 콘센트에 플러그를 꽂고 뚜껑 위에 다리를 뻗고 앉았다. 눈이 빨간색으로 변했다. 혼자서 움직일 수 있게 된 이후로, 충전 방법도 배운 모양이다.

이 녀석은 얼마나 많은 것을 이해할 수 있을까?

일단, 늘 써 오던 질문을 던져 보았다.

"무. MIT의 뜻은?"

무는 어리둥절해했다.

"모르는 단어야?"

무가 고개를 끄덕였다.

"음, 역시 그렇겠지. 지금까지 보고 들은 것 외에는 잘 모를 테니까."

조금 아쉬워 혼자서 중얼거렸는데, 무가 놓치지 않았다.

"찾아……본다."

알 수 없는 말을 하더니, 움직이지 않고 그대로 얼어붙었다. 1분이 지나고, 2분이 지났다. 결국 고장 난 건 아닌지 불안해, '야!' 하고 부르며 가볍게 흔들어 보았지만, 무는 움직이지 않았다.

'아…… 진짜 고장 나 버렸나…….'

금방이라도 움직일 것처럼 보이는데 무가 가만히 앉아만 있으니 찌릿찌릿하고 가슴이 조여 오는 듯한, 말로 표현하기 어려운 기분이 들었다.

그러다 갑자기 무가 눈을 깜빡이며 말하기 시작했다.

"매사추세츠……공과대학."

"어?"

"무…… 머릿속, 찾아봤다."

무는 고장 난 게 아니었다! 아무래도 우리가 인터넷으로 검색하는 것처럼 정보를 찾아낼 수 있나 보다. 이 짧은 시간 동안 무가 급격하게 진화했을 수도 있다.

좀 더 어려운 문제를 내 보기로 했다.

"그럼 무, 청색 LED가 뭔지 알아?"

"……… 노벨……상."

"맞아. 노벨상을 받았어. 노벨상이 어떤 상인지는 됐고. 청색 LED가 발명되기 전에 이미 적색과 녹색 LED는 있었어. 하지만 그것들은 노벨상을 받지 않았어. 왜 청색만 노벨상을 받았다고 생각해?"

이번 '대기' 시간은 길었다. 꽤 오랜 기다림 끝에 내놓은
답은 이랬다.

"적색과, 녹색과, 청색의, 빛…… 모두, 섞으면…… 하얀색.
그래서…… 청색 빛의 발명으로 전구 대신, 사용할 수 있게
되었다. 대발명."

"대단한걸. 그것도 머릿속에서 찾은 거야?"

무는 고개를 갸우뚱했다.

"무…… 알고 있는 거…… 붙였어."

"스스로 생각해 낸 거야?"

무는 고개를 끄덕였다.

"정말 대단해."

대부분의 아이들은 따라올 수 없는 놀라운 수준이었다.

"그럼, 나는 시골일수록 전기 자동차가 더 빠르게 늘어날
거라고 생각하는데, 왜 그럴까?"

이건 내 개인적인 생각이다. 인터넷에 검색해도 나오지
않을 거다.

다시 긴 시간 '대기'했고, 무는 자기 생각을 이야기했다.

"시골은, 주유소 멀다. 전기 자동차, 집에서도 충전할 수
있다. 그래서 전기 자동차 늘어난다. 충전 스탠드, 장소 필요

없다. 만들기 간단하다. 점점 늘어난다. 전기차 점점 더 많아진다."

맞다. 이사할 때나 여행할 때 아빠 차에서 했던 생각이다.

"그래서…… 전기 자동차…… 늘어난다고, 코우 생각했다."

"정말 대단해!"

지금까지 이렇게 대화가 통하는 상대를 만나 본 적이 한 번도 없다. 드디어 통하는 상대가 나타났다! 흥분해서 나도 모르게 무의 머리를 쓰다듬었지만, 2초 후 정신이 들어 손을 뗐다.

"하아……. 그 둘도 너만큼 대화가 통하면 좋을 텐데."

이런 이야기는 절대 불가능하다. 그래서 가끔 지루했다.

"테츠는 집에서도 아무 말 안 해?"

무는 어리둥절해했다.

"그 녀석 내 앞에서는 아무 말도 안 하잖아. 아니지, 포요가 아니면 말을 안 하잖아. 가끔은 아무 생각이 없는 건 아닐까 싶다니까."

"텟짱…… 집에서, 대화해."

"그래? 누구랑?"

"…… TV."

"TV를 보면서 말한다고? 그건 대화라고 보기는 어려운 것 같은데."

"…… 엄마."

"무슨 얘기를 하는데?"

어떤 대화를 나누는지 전혀 짐작이 가지 않았다.

"코우, 텟짱…… 신경 쓰여?"

"설마!"

"그런데…… 이것저것, 묻는다."

무는 마치 내 상태를 살펴보는 것처럼 앉은 채로 상반신을 좌우로 흔들었다.

"텟짱, 무한테도…… 얘기해."

놀라서 무를 빤히 쳐다보았다.

"어떤 말?"

그러자 무가 방긋 웃었다. 웃는 패턴이 여러 가지였다.

"비밀. 포요도…… 이런저런 얘기해."

"무슨 얘기?"

"비밀."

"오냐, 그래."

"텟짱도, 포요도…… 너무 좋아."

"다행이네."

그러자 무는 걱정스러운 표정으로 나를 올려다보았다.

"코우도, 얘기해도, 돼."

"뭘?"

"아무거나."

"얘기할 거 없어."

"힘든 일……. 고민?"

"뭐야. 그 둘은 너한테 그런 얘기를 하는 거야?"

"응."

로봇에게 고민을 털어놓다니……. 포요와 테츠는 무에게 비밀을 말해도 절대 다른 사람에게 얘기하지 않을 거라고 확신하는 것 같다. 말이 많은 인간보다 더 신뢰할 수 있다고. 도청당하지 않는다는 보장도 없는데.

"그런데 너는 정체가 뭐야?"

"무."

"어디서 만들어졌어? 뭔가 단서나

정보 같은 건 가지고 있지 않아?"

나는 아직도 무가 어떤 존재인지 파악하지 못했다. 만들어진 목적을 알지 못하면 이 로봇이 위험한지 아닌지 계속 불분명하다. 이렇게 아무것도 모르는 상태로 계속 가지고 있어도 되는지 불안이 스쳤다.

"무, 어디서 태어났는지…… 몰라."

"그렇구나."

"무도, 고민…… 있어."

"정말? 의외네."

"더, 많은 사람과…… 친구가…… 되고 싶어."

"그건…… 어려울 거야."

"왜?"

"그게 그러니까. 발견되면 경찰에…… 아냐, 아무것도."

"코우는, 고민…… 있어?"

"그야 있긴 하지. 그래도 너와 상담할 생각은 없어."

기분 탓인지 무는 조금 아쉬워하는 표정 같았다. 눈도 평소처럼 검은색으로 돌아온 걸 보니, 충전이 끝난 모양이다.

점심으로 주먹밥을 먹는 동안, 무가 나에게 바짝 달라붙어 한입만 달라고 조르기 시작했다. 도대체 어떻게 먹을 생각이지? 혹시 자신이 로봇이라는 자각이 부족한 건 아닐까? 논리적인 사고는 할 수 있을 것 같아 설명해 주었다.

"무는 전기를 먹어. 하지만 나는 먹지 못해."

무는 잠시 가만히 생각하는 듯 보였다. 그러더니 말했다.

"그래서…… 무, 주먹밥, 먹으면…… 안 돼?"

"맞아. 잘 알아들었네."

무는 싱긋 웃더니 TV 앞에 서서 우쭐한 말투로 말했다.

"너…… 전기, 먹는다. 주먹밥, 먹으면…… 안 돼."

그다음에는 세탁기와 청소기에게도 알려 주었다. 기가 찼다. 어느새, '아카네 공원'에서 포요에게 돌려주기로 한 시간이 다가오고 있었다. 그때 뜻밖에도 현관문 열리는 소리가 들렸다.

"다녀왔습니다."

'왜지!'

"큰일 났어. 누나야!"

무도 긴장한 것 같았다. 나는 급히 무를 베란다에 내려놓았다.

"그래……. 에어컨 실외기 뒤에라도 숨어 있어!"

서둘러 베란다 창문을 닫고, 안으로 돌아왔다.

"뭐야, 왜 이렇게 일찍 왔어?"

나는 누나가 거실에 들어오지 못하도록 방 입구에 서 있었다. 그러자 누나가 눈을 가늘게 떴다.

"너, 뭐 숨기고 있지?"

"뭐?"

"평소 같으면 내가 집에 오든 말든 아는 척도 안 하잖아."

그건 그랬다.

"그리고 왜 거기 서 있어? 그 방에 들어가면 안 되는 이유라도 있어?"

누나는 손으로 나를 힘껏 밀어젖히고 방 안을 살폈다. 벽장도 열어 보았다.

그러나 누나는 이상한 점을 발견하지 못했다. 이번에는 베란다 창문을 빤히 쳐다보았다.

"날도 더운데 왜 닫아 놓은 거야?"

"별로. 덥고 안 덥고는 사람마다 다르잖아."

누나는 내가 방금 닫아 놓은 창문을 열고 베란다를 살폈다. 맞은편 구석에 놓인 화분 주변, 그리고 그 앞에 있는 실외기. 아아…… 안 돼. 무가 누나한테 들키겠어!

나도 모르게 눈을 감았다. 그런데 소란이 일어날 기미가 보이지 않았다. 천천히 눈을 떴다. 무는 누나에게 들키지 않도록 실외기 뒤쪽으로 이동해 있었다.

그때, 까마귀가 날아와 실외기가 있는 베란다 구석 난간에 자리 잡았다.

"아, 진짜 싫어. 사람도 신경 안 쓴다니까!"

누나가 '쉿, 쉿!' 하며 쫓아내자 까마귀가 말했다.

"너는…… 믿느냐."

"어?"

누나는 그 자리에서 굳어 버렸다. 눈을 깜빡이는 것조차 잊고, 얼굴마저 얼어붙은 듯했다. 마치 곰이나 외계인을 만난 표정이었다.

"나는, 신의…… 사자."

누나는 호흡이 빨라졌고 덜덜 떨며 조금씩 뒷걸음질 치기 시작했다. 다시 같은 말을 반복했다.

"너는…… 믿느냐. 나는, 신의…… 사자."

"거, 거짓말."

나는 물론, 그 목소리가 누구의 소행인지 눈치챘다.

"역시 말뿐이네. 맨날 그렇게 판타지가 좋다고 할 땐 언제고, 막상 까마귀가 말하니까 놀라다니."

"마, 말이 안 되잖아."

"그 말, 잊지 말아 줘."

"아니……."

"아무리 봐도 누나한테 말 거는 것 같은데, 괜찮겠어?"

"서, 설마. 그럴 리 없어."

"아니야. 아무리 봐도 누나한테 말하고 있어."

누나는 당황한 것 같았다.

"아니, 판타지는 이야기 속 세계야. 여긴 현실 세계라고."

"그러니까 내가 항상 불가능한 일은 믿을 수 없다고 얘기하는 거야."

그러자 까마귀가 날아올랐다.

"나는, 신의, 사자……."

"괜찮겠어? 안 따라가 봐도."

"바보 같은 소리 하지 마!"

누나는 볼을 잔뜩 부풀리며 손을 씻으러 세면대로 향했다. 그사이 나는 무를 꺼내, 급히 방으로 들어가 포요의 가방 안에 넣었다.

"그럼, 나는 잠깐 나갔다 올게."

"어디 가는데!"

"어딜 가든 내 마음이지! 금방 돌아올 거야!"

사택 계단을 내려가는 발걸음이 점점 더 빨라졌다. 도로에 나와서야, 가방 안에 든 무에게 말을 걸었다.

"잘했어! 누나 얼굴 봤어? 떨고 있더라니까. 진짜 최고였어!"

무가 나를 올려다보며, "잘했어?"라고 물었다.

"당연하지! 누나를 속였어."

그렇게 말하자, 무는 그제야 빙긋 웃었다.

"게다가 까마귀가 말하는 것처럼 꾸미다니, 좀 하더라!"

칭찬받은 걸 알았는지, 무는 가방 속에서 꺅꺅 소리를 질렀다.

"까마귀가 신의 사자라니, 머릿속에서 찾아본 거야?"

"포요의, 그림책에, 나왔어."

포요는 무를 키운다고 생각해서 책도 읽어 준 모양이다.

"그렇구나. 그게 도움이 됐네."

"행운의 아이템…… 새."

맞는 말이다.

포요는 아카네 공원에 이미 도착해 있었다.

"왠지 신나 보이네."

"아니, 별로."

표정을 평소처럼 바꾸고, 무가 든 가방을 건넸다.

"얌전히 잘 있었지."

포요는 곧바로 가방 안을 들여다보았다.

"무, 칭찬받았다."

"정말? 좋았겠네."

가방을 끌어안은 채 볼을 맞대고 문지르더니 크게 하품을 했다. 그러자 무도 '후아아암' 하고 하늘을 올려다보았다. 덕분에 둘은 크게 웃었다.

"그런데, 뭘 해서 칭찬받은 거야?"

포요는 다시 무에게 말을 걸었다.

"그럼 난 이제 가 볼게."

돌아가려던 그때, 포요가 나에게 살짝 머리를 숙였다.

"고마워!"

"코우, 바이 바이."

가방 안에서도 목소리가 들렸다.

집에 돌아오자마자, 누나는 그건 내 장난이 분명하다고 다그쳤다. 내가 놀라지 않은 게 확실한 증거라고 했다.

하지만 그건 중요하지 않았다. 누나가 당황하는 모습이 확실히 내 눈에 각인되었으니까.

무는 곤란해

무는 이해력이 점점 더 높아졌고, 숨어 있지 않으면 곤란해진다는 것도 알게 된 것 같다. 말도 꽤 능숙해졌다.

어디까지 이해하고 생각하는지, 한계를 알아보고 싶었다. 이런저런 대화를 나누면서 나는 무에게 완전히 빠졌다.

7월이 되었고, 장마도 끝나갈 무렵. 구름 낀 하늘에서 비가 내리지 않을까 걱정하며, 학교를 마치고 곧바로 비밀 기지로 갔다. 무가 좁은 사당 안을 쿵쾅거리며 뛰어다니고 있었다.

"야, 이런 좁은 데서 뛰면 어떡해. 하지 마."

내가 주의를 주자, 무는 이렇게 대답했다.

"다른 데서, 뛰면, 눈에 띄어."

"왜 뛰는 거야. 건강을 위한 건 아닐 테고."

"무, 마라톤 중. 인간의 기록, 넘을 것 같아."

"뭐?"

아무래도 TV에서 마라톤을 본 모양이었다.

"그래도 네가 여기서 뛰어다니면 먼지가 엄청나게 날릴 텐데, 우리한테 피해를 주는 거야!"

그 말에 대답할 생각은 없어 보였다. 포요와 테츠는 가만히 눈으로 무를 쫓고 있었다.

"나도 하지 말라고 몇 번이나 얘기했어. 그런데 여기서만 뛸 수 있다고 하니까, 뭐라고 못 하겠더라고."

포요가 한숨을 쉬었다.

"무, 그럼 아무도 없을 때 뛰어."

무는 듣는 둥 마는 둥 했다.

오늘 유난히 고집을 부린다. 아직 반항기인가? 제발 그만…….

다른 가능성을 생각해 보았다. 혹시 고장 난 걸까? 나사가 풀렸거나. 아니면 선이 끊어졌거나. 순간 불쾌한 땀방울이 등줄기를 타고 흘렀다. 한번 그런 가능성을 떠올리고 나니, 두려운 마음에 더는 아무 말도 할 수 없었다.

계속 고개를 숙이고 있던 포요가 갑자기 고개를 들었다.

뭘 하려나 싶었는데, 대뜸 노래를 부르기 시작했다.

"통통통통 털보 영감님."

그리고 주먹 쥔 두 손을 턱 밑에 가져다 댔다.

이 멜로디는 유치원에서 했던 손 놀이 노래다.

"통통통통 혹부리 영감님."

이번에는 주먹을 볼에 가져다 댔다. 무는 갑자기 시작된 노래에 흥미가 있는지 발을 멈췄다. 손 놀이 노래는 처음일지도 모른다.

포요가 같이 하자고 눈짓하자, 무가 천천히 다리를 앞으로 쭉 뻗고 앉았다.

"통통통통 코주부 영감님."

무는 포요의 손동작을 흉내 내기 시작했다. 몸을 흔들면서 손을 얼굴에 대기도 했다. 마치 유치원생이 노는 듯해 조금 귀여웠다.

"팔랑팔랑 팔랑팔랑 손을 무릎에."

무는 뻗은 다리 위에 손을 올렸다.

"잘했어요."

포요는 무의 뺨을 양손으로 감싸며 칭찬했다. 그러더니 나에게 '어때? 효과가 있지?'라고 말하듯 눈짓했다.

확실히 무가 달리기도 멈추고 조용해졌다. 그런데⋯⋯.

“알겠다.”

그때 무가 씩 하고 웃었다. 일반적이지 않은, 비뚤어진 웃음이었다.

“이거, 입 닫고, 놀기. 입력, 완료.”

포요의 얼굴에 웃음기가 싹 사라졌다.

“무?”

무는 벌떡 일어나 “기록, 도전 중. 방해, 하지 마” 하며, 또다시 달리기 시작했다. 포요도 어쩔 수 없다는 듯 고개를 저었다.

그 후 얼마가 지난 어느 날, 비밀 기지에 갔더니 무가 또다시 사당 안에서 쿵쾅거리며 뛰고 있었다. 내가 한숨을 쉬자, 무는 달리기를 멈추고 “왜 그래?”라고 물었다.

“또 ‘기록 도전 중’이라고 할 거잖아.”

그러자 무가 어리둥절해했다.

“무, ‘싫어 싫어 모드’, 졸업. 제멋대로, 하지 않아.”

무가 가슴을 피며 말했다.

“뭐? 그럼 왜 뛰고 있던 거야. 피해를 준다고 했잖아.”

내 의문에 무는 웃으며 대답했다.

“모두, 모이는 거, 기다리기 힘들어서!”

그러고는 사당 구석으로 가서, 달력을 집어 들고 신이 난 표정으로 내밀었다.

"선물!"

열차 사진이 실린 벽걸이형 달력이었다. 6월분까지 뜯긴 걸 보니, 어딘가에서 사용하던 것이 분명했다.

"이거 어디서 가져왔어?"

내가 물어보았지만, 얼버무리며 대답을 피했다.

그러는 사이 포요가 기억해 냈다.

"혹시 체육관 무대 옆에 걸려 있던 거 아니야?"

듣고 보니 그런 것 같다. 체육관에도 무를 숨기곤 했으니 벽에서 떼어 내 배낭 안에 몰래 넣어 두었다 가져왔을 가능성이 높다.

"마음대로 가져 온 거야?"

무는 아무렇지 않게 대답했다.

"아무도, 안 써. 쓸모없는, 물건."

"그렇지 않아. 이번 달 분까지 뜯겨 있으니 누군가가 쓰고 있었다는 뜻이잖아? 게다가 자기 것도 아닌데 마음대로 가지고 오는 건 도둑이야."

"도둑?"

"그래. 경찰에 끌려가는 나쁜 행동이야."

"무, 우선 잘못했다고 사과해야지!"

포요도 화를 냈다.

무가 눈을 여러 번 깜빡거렸다.

"하지만, 무도, 사실 경찰에 신고해야 해, 라고 들었어. 그
것도, 도둑?"

하, 머리야. 양손으로 머리를 감쌌다.

"포요가 너무 오냐오냐 키운 결과야 이게."

"그게 무슨……."

"옳고 그름을 판단하지 못하는 녀석이 돼 버렸어!"

"너무해. 무는 그냥 몰랐던 것뿐인데!"

그때 "하아아아" 하는 소리가 들렸다.

무였다.

"자이젠이랑 똑같이 머리를 감싸고 있네."

"알겠어요, 알겠어요. 싸움, 그만하세요."

포요가 황당해하자 포요 말투를 흉내 냈다.

"이게 다 누구 때문인데!"

내가 무를 노려보자, 이상하게도 무가 아니라 테츠가 점점 고개를 숙였다.

내가 화를 내서 겁 먹은 걸까?

무가 슬픈 목소리로 중얼거렸다.

"이게, 있으면, 모두, 기뻐해."

무슨 소리지?

이해하지 못한 건 나뿐만이 아니었다. 포요도 고개를 갸우뚱했다. 하지만 테츠는 여전히 고개를 숙이고 있었다.

"텟짱, 웃는 거, 보고 싶어. 말하는 거, 듣고 싶어."

포요가 우리도 같은 마음이라고 전하자, 무는 동의하듯 고개를 끄덕였다.

"텟짱, 말하면, 모두, 기뻐. 맞지?"

"그게 이거랑 무슨 상관인데."

아직도 연관성을 잘 모르겠다.

"텟짱, 기뻐할 거라고, 생각했어. 웃을 거라고. 생각했어."

"그랬구나."

포요는 그 말을 듣고 이해한 듯 여러 번 고개를 끄덕였다. 하지만 나는 여전히 어리둥절했다.

"무슨 뜻이야?"

내가 묻자, 이번에는 포요가 놀란 듯 눈을 동그랗게 뜨고 나를 쳐다보았다.

"혹시, 텟짱이 철도 마니아인 거 몰랐어? 자이젠은 정말……."

포요가 몸을 떨며 쓴웃음을 지었다.

아…… 그랬구나. 열차를 뜻하기도 하는 '테츠'라는 별명이…….

"무는 텟짱을 기쁘게 해 주려고 달력을 가져온 거야. 텟짱은 그 마음을 바로 알아차리고, 너무 미안해서 고개를 숙였을 거야."

'그랬구나.'

생각났다. 팥색에 빠져 있던 남자아이는 한큐 전차 팬이었다. 팥색은 한큐 전차의 차체 색으로 호칭이 특별했다.

"마룬이야."

내가 중얼거리자 테츠가 얼굴을 들고 나를 빤히 쳐다보았다. 눈동자가 반짝였다.

"텟짱, 웃어! 얘기해!"

무가 테츠 옆으로 다가가 등에 손을 얹고 재촉했다.

테츠가 흥분한 걸 알 수 있었다. 어깨가 크게 오르내렸고, 눈을 부릅뜨며 입술을 파르르 떨었다. 그 상태가 잠시 계속되었다. 말이 나올까 싶어 계속 지켜보았지만, 쉽지 않은 것 같았다. 지난번에 웃은 건 우연이었을까? 그것도 나는 이유를 알 수 없었다.

그 대신, 테츠의 눈에서 굵은 눈물방울 하나가 떨어졌다. 기쁨의 눈물일까? 슬픔의 눈물일까? 나는 알 수 없었다.

포요는 그런 테츠의 어깨를 감싸안고 몇 번이고 계속 토닥였다. 테츠는 훌쩍훌쩍 흐느끼며 울었다.

"조급해 하지 않아도 괜찮아. 항상 곁에 있을 테니까."

무조차 테츠의 마음을 헤아리고 있었다. 무의 능력은 상상을 훨씬 뛰어넘어 다른 사람을 걱정하는 수준에까지 이르렀다.

분명 무는 기계이고 로봇이다. 하지만 마음은 인간인 나보다 깊었다. 더는 단순한 로봇이라고 생각할 수 없다…….

무, 테츠, 포요. 세 사람은 오렌지빛에 둘러싸여 빛나는 것처럼 보였다. 그 빛의 고리 안에 나는 없었다. 혼자 남겨진 것 같아 왠지 모르게 쓸쓸했다.

그날 밤, 저녁을 먹고 TV를 보는데, 이런 광고가 나왔다.

여러분께 중요한 부탁이 있습니다.

저희는 '박스'라는 장난감 로봇을 찾고 있습니다.

한 변이 약 20cm, 30cm, 40cm인 흰색 직육면체 형태거나, 골판지 상자에 들어 있을 수 있습니다. 또는 직육면체에서 각진 로봇으로 변형했을 가능성도 있습니다.

아이치현 내의 주오 자동차 도로와 히가시메이한 자동차 도로에서 A 나들목*과 B 나들목 사이 일반 도로를 주행하다, 짐이 쏟아지며 떨어졌을 것으로 추측됩니다.

이 로봇은 시제품으로, 문제가 발생하면 스스로 파괴하도록 설정되었습니다. 또한 바깥 온도가 상승하면 배터리가 과열되어 화재가 발생할 위험이 있습니다.

AI에 오류가 발생하면, 프로그램대로 작동하지 않고 예기치 않은 행동을 할 가능성도 있습니다.

이 로봇을 발견하시면 가까이 다가가지 마시고, 즉시 아래 번호로 연락 주시기 바랍니다.

031-××××-××××

또는 저희 로보&미 홈페이지를 통해 알려 주시면 감사하겠습니다.

나들목 도로나 철도에서, 사고가 일어나거나 교통이 지체되는 것을 막기 위하여 교차 지점에 신호 없이 다닐 수 있도록 한 시설.

이런 상황이 발생하여 대단히 죄송합니다. 협조 부탁드립니다.

그리고 화면에는 로봇의 모습이 담긴 영상이 흘러나왔다. 분명 무 같았다. 화면 하단에는 아주 작은 글씨로 이런 내용이 덧붙여져 있었다.

로봇을 취득한 뒤 반환하지 않는 경우, 유실물 횡령죄로 처벌받을 수 있습니다. 1년 이하의 징역형 또는 10만 엔 이하의 벌금, 혹은 과태료가 부과될 수 있습니다.

얼음물을 뒤집어쓴 듯한 기분이 들었다. 그 이후로는 패닉 상태가 되어 '유실물 횡령죄' '징역형'이라는 단어가 머릿속에서 깜빡였다.

단지 떨어진 로봇을 주워, 잠시 보관한 것뿐이다. 하지만 어른들의 세계에서는 '유실물 횡령죄'로 처벌받을 수 있고, 감옥까지 갈 수 있다. 무서운 세상이다.

게다가 나는 무를 분해해 보았고, 망가뜨렸을 가능성도 있다. 배상해야 할지도 모른다. 상상할 수 없는 금액을 요구할 수도 있다. 어쩌면 좋지!

나는 매우 혼란스러웠다. 참기 힘든 불안감에 터져 버릴 것만 같았다. 그러나 곧 마음속에서 조금씩 북받쳐 오르는 또 다른 감정을 느꼈다.

'슬픔.'

무가 학교에서 사라졌을 때, 포요가 몇 번이나 언급했던 그 감정이 나에게 고스란히 옮겨 왔다.

무가 사라진다니, 생각만으로도 너무 슬펐다.

이제야 대화가 통하는 상대를 찾았는데. 나보다 더 테츠의 마음을 헤아리는데. 우리와 함께 시간을 보내고 다양한 경험을 쌓으면서, 이제는 유일무이한 존재로 성장한 '친구'인데.

무를 돌려줘야 한다니, 절대 싫다.

하지만 무를 지키기 위해서는 그만한 각오가 필요하다…….

그날 밤에는 전혀 잠들 수 없었다.

한번 가슴 속에 싹튼 고통은 점점 더 커졌고 논리적인 사고로도 이겨 낼 수 없었다.

새로운 걱정거리

다음 날 아침, 그 광고를 다시 보았다. 마음을 차분히 하고 생각하니, 무를 돌려주면 '유실물 횡령죄'에 해당하지 않고, 감옥 갈 일도 없었다.

하지만 그렇다고 해서 무를 돌려줄 수 있을까? 대답은 '아니오'다.

학교에 도착해 교실에 들어가니, 이미 아즈마와 그 무리가 무를 주제로 수다가 한창이었다.

"분명 저번에 학교에서 봤던 거 맞지?"

"그런 것 같아."

"어째서 학교에 있었을까?"

"떨어진 곳에서 여기까지 걸어온 걸까?"

"그럴 수도 있겠네. A 나들목까지는 차로 10분 정도밖에 안 걸리니까."

포요와 테츠가 함께 교실로 들어왔다.

아즈마 무리는 지나가는 포요 배를 찌르며 놀려 댔다.

"오늘도 말랑말랑하네!"

포요는 화를 내지 않고 조용히 자기 자리에 가서 앉았다. 내가 몰랐을 뿐, 늘 이런 일을 당해 왔던 것 같다.

아, 포요가 말했던 '평화롭게 지내고, 그냥 두면 건드리지 않는다'라는 게 이런 의미였구나.

포요가 진지하게 화를 내는 모습을 본 기억은 거의 없다. 내가 같은 상황이었다면 저런 태도에 그냥 넘어가지 못했을 거다.

포요는 나를 보더니 작게 고개를 끄덕이며 조용히 위쪽을 가리켰다. 자료실에서 할 얘기가 있다는 뜻이었다. 나는 한발 먼저 교실을 나섰다.

"있잖아, 그 광고. 무 얘기 맞겠지?"

포요는 처음부터 울 것 같은 목소리였다.

"확실한 것 같아."

"어떻게 그렇게 침착할 수 있어!"

"아니, 그런 건 아니고……."

포요는 울고 싶은 마음을 억누르며 결심한 듯 단호한 표정을 지었다. 그리고 나를 똑바로 바라보며 말했다.

"나, 무 절대 못 돌려줘."

"응."

나도 물론 무와 헤어질 마음은 없다. 하지만 그 마음에는 상당한 각오가 필요하다. 그만한 각오가 있는지 확인하고 싶어서 '하지만'이라고 말했더니, 포요는 평소와는 다르게 '하지만?'하고 맞받아쳤다.

나는 숨을 크게 들이쉰 후, 결심을 하고 말했다.

"숨기고 있는 게 들통나면, 경찰에 끌려갈 수도 있어."

어젯밤부터 맴돌던 '유실물 횡령죄'와 '징역형'이라는 단어가 내 머릿속에 다시 빙빙 떠다니기 시작했다.

포요는 분명 화가 나 있었다.

"그건 알고 있어. 하지만 무가 없는 건 상상조차 할 수 없는 일이야!"

테츠의 생각은 어떤지 궁금해서 얼굴을 쳐다보았다.

여전히 표정에서는 아무것도 읽을 수 없었다. 하지만 이렇게 포요 옆에 있다는 건 찬성이나 다름없겠지.

"혹시 자이젠은 반대해?"

포요의 말에는 가시가 있었다.

"그럴 리가. 하지만……."

"하지만, 뭐?"

"경찰에게 잡힐 각오까지 한 거야?"

그러자 포요는 감정을 숨기지 않고 드러냈다.

"그럼 무와 헤어져도 괜찮다는 거야?"

포요는 지금까지와는 달리 절대 물러서지 않겠다는 강한 태도를 보였다.

"괜찮을 리가."

내가 대답하자 포요는 결연한 미소를 지었다.

"그럼 잡히지 않으면 되잖아? 셋이면 할 수 있어!"

포요는 정말 이 문제의 심각성을 제대로 이해한 걸까?

"조금 전만 해도 아즈마 무리가 학교에서 봤던 로봇에 대해 얘기하고 있었어. 들키는 건 시간문제야."

내 말에 포요는 더 의미심장한 미소를 지었다.

"괜찮아. 자이젠은 아즈마 무리보다 훨씬 똑똑하니까!"

테츠도 작게 고개를 끄덕였다.

이런 상황에 그런 터무니없는 신뢰를 받아도 괜찮을까?

결국 두 사람과 대화를 나눠도 가슴속에 자리 잡은 불안이라는 어둠을 없앨 수는 없었다.

게다가 나는 둘에게 숨기는 게 있다. 만약 들킨다면 어떻게 될까……

그날 밤, 나는 그 로봇 회사를 인터넷에서 조사해 보았다.

홈페이지에는 광고에서 본 문구와 주의 사항이 자세히 적혀 있었다. 오른쪽 구석에서는 무와 똑같이 생긴 로봇이 연달아 꾸벅이며 인사했다.

무의 배에 그려진 무한대 기호(∞)가 회사 로고인지, 화면 아래쪽에 표시되어 있었다. 무는 이 회사 로봇이 확실하다.

회사는 5년 전에 설립되었다. 아직 생긴 지 얼마 안 된 장난감 업체 같았다. 소재지는 나가노현 C동. 꽤 시골에 자리 잡고 있었다.

그다음 회사의 평판을 조사해 보았다. 인터넷에 올라온 정보를 그대로 믿는 것은 위험하지만, 후기나 작은 정보들이 의외로 참고가 될 수 있다.

검색해 보니 광고를 보고 로봇의 존재를 알게 돼 놀라서 올린 게시물이 대부분이었다. 신뢰할 수 있는 회사인지는 불분명하다.

'하아아아.'

무를 만든 회사에 대한 조사는 그만두었다. 기분 전환을 하려고 테츠네 집에 있던 블록 로봇들을 검색해 보았다. 무와 비교했을 때 성능이 얼마나 차이 나는지 알아보고 싶었다. 진열되어 있던 수많은 장난감도 검색해 보았다.

그때 조금 놀랄 만한 정보를 발견했다. 이 정보를 테츠 아빠도 알았을까? 그렇다면, 테츠를 소중하게 생각하고 있다는 증거였다.

좀 더 깊이 알아봐야겠다는 마음이 들었다.

무, 고장 나다

그 후 얼마 지나지 않아, 무의 상태가 이상해졌다.

역시 이건 내 잘못이다. 마치 악몽 같았다. 포요, 테츠와 상의해 봐야겠다. 아니, 상의한다고 해결될 문제는 아니지만 이대로는 다람쥐 쳇바퀴 돌기다.

일이 있어 사당에 늦게 도착했는데, 안에서 무가 난동을 피우고 있었다.

"와 줘서 다행이야. 오늘은 더 심해진 것 같아. 할머니의 마법의 문장도 통하지 않아."

나는 아무 말도 할 수 없었다. 포요는 표정이 어두웠고, 눈에 띄게 지쳐 있었다.

"있잖아, 어떻게 해야 좋을까?"

그리고 포요는 결심한 듯 나를 향해 정면으로 몸을 돌리고, 단호하게 말했다.

"고쳐 줘."

내가 아무 대답도 하지 않자, 포요는 더 바짝 다가왔다.

"자이젠은 고칠 수 있을 거야. 천재니까. 전원이 꺼지거나 분해하는 건 무섭지만 그래도 수술이라고 생각하면 돼."

나는 아무 말도 할 수 없었다.

"응?"

"무리야."

짜내듯 겨우 대답했다. 포요는 흥분하며 말했다.

"어떻게 그렇게 매정하게 말할 수 있어? 이젠 자이젠밖에……."

"무리라고 했잖아!"

"너무해. 아무 노력도 안 해 보겠다는 거야?"

비난을 받자 더욱 짜증이 났다.

"아무것도 모르면서."

"그래, 난 몰라. 그러니까 이렇게 부탁하잖아!"

말다툼하고 있을 때, 무가 쓸쓸한 목소리로 중얼거렸다.

"나, 쓸모없는 로봇. 버려진다."

"그렇지 않아!"

포요는 무를 끌어안고 살며시 등을 토닥였다.

"자이젠! 무슨 말이라도 좀 해 봐!"

말문이 막히자, 무는 갑자기 악당 같은 표정을 지었다. 얼굴의 부품은 눈과 입 정도가 전부인데도, 놀라울 정도로 표정이 풍부하다.

"포요는…… 바보 같아."

내 목소리와 거의 비슷했다. 우리 집에 머물 때, 나 혼자 했던 불평 같았다. 우리 셋 다 숨 쉬는 것조차 잊은 채 몸이 굳었다.

"먹는 거에만, 관심, 있다니까? 육아에, 전문가인 척하더니…… 무도 제대로, 못 키우고. 테츠는 테츠대로, 멍하니…… 아무, 생각도 없고. 하아아아. 일을 떠안아 버렸어. 그래서…… 엮이고 싶지, 않았는데."

분위기가 완전히 얼어붙었다.

하지만 무는 멈추지 않았다. 그리고 낯선 목소리로 말하기 시작했다.

"자이젠, 앞에, 있는 것만으로도, 심장이 벌렁거려. 분명, 나를…… 바보 같다고, 생각할 거야……. 말하고 싶어도 할 수 없어, 속상해."

"그만해, 무!"

"무, 조용히 해!"

하지만 무는 멈추지 않았다. 테츠는 새파랗게 질린 채 비틀거렸다.

"포요도 그럴 거야. 나를, 이해해 주긴, 하지만. 반만, 전달됐을 거야. 잘, 통하지 않을 때도 있고. 하아……."

테츠는 머리를 감싸며 주저앉아 버렸다.

다음 차례는 포요였다.

"자이젠…… 항상, 자기가 옳다고, 생각하잖아. 우리를 하인으로, 생각하고 있는 거, 아닐까…… 텟짱이…… 이렇게, 힘들어하는 걸 보니, 끼워 주지 말걸, 그랬어……."

무는 틀림없이 고장 났다. 하지만 내가 한 말이었다. 그러니 다른 말들도, 분명 그냥 나온 말은 아니다.

'어색하다' 정도의 간단한 단어로는 표현할 수 없는, 바늘로 찌르는 듯한 분위기에, 우리는 움직일 수도, 서로의 얼굴을 쳐다볼 수도 없었다.

가슴이 찌릿함을 넘어서, 톱니 모양의 칼날로 도려내는 듯했다. 참을 수 없어 몸을 구부렸다.

테츠는 비틀거리며 천천히 일어나 사당 밖으로 나갔다.

"잠깐만, 방금 그건……."

말을 걸었지만, 들리지 않는지 비틀거리며 걸어갔다.

포요도 사당에서 뛰쳐나가 테츠의 팔을 잡았다.

"저기, 텟짱."

테츠는 팔을 흔들며 뿌리쳤고, 포요의 얼굴조차 보려 하지 않은 채, 그대로 숲을 따라 사람들이 오가는 연못 쪽으로 내려가 버렸다.

남은 나와 포요는 마치 입이 사라져 버린 것처럼 서로 아무 말도 하지 못했다.

대혼란

사과할 계기를 만들기가 쉽지 않았다. 나는 두 사람이 지금 어떤 기분일지 정확하게 이해할 수 없어서 마음이 더욱 불안했다.

인정하고 싶지 않지만, 누나는 사람의 감정을 읽는 게 특기다. 누나는 드라마의 주인공이 되어 감정 이입을 한다고 했다.

최대한 포요와 테츠가 되어 생각해 보자.

'텟짱이 이렇게 힘들어하는 걸 보면, 끼워 주지 말걸 그랬어.'

자신보다 테츠의 감정을 배려하는, 따뜻한 마음에서 나온 말이었다.

테츠는 어떨까?

'분명 나를, 바보 같다고 생각할 거야.'

나를 두려워하고, 오해하고 있다. 무의 말을 믿어 보면, 테츠는 나와 대화하고 싶었던 걸까?

'내가 당하고 싶지 않은 행동은 상대방에게도 하지 않는다.'

그 말이 가슴에 깊이 박혔다. 나는 정말 한심한 놈이다. 두 사람에게 어떤 멸시를 당해도 할 말이 없었다. 이런 나와 같이 어울려 준 포요와 테츠에게 고마울 뿐이었다.

나는 동급생을 얕잡아 보며 스스로를 누구보다 논리적으로 세상을 바라보고, 모든 것을 알고 있다고 생각했다. 그런데 눈앞에 있는 로봇 하나도 어떻게 해야 할지 모른다. 지혜가 가장 필요한 지금 내가 가진 지식은 전혀 쓸모가 없었다.

그리고 나를 배려해 주던 소중한 친구들조차 보지 못했다. 그걸 이제야 깨닫다니, 나야말로 진짜 바보였다.

내일 아침에 만나면 무조건 바로 사과해야지. 우선 그것부터 시작하자.

굳은 결심과 함께 다음 날 아침을 맞았다. 하지만 결국 말도 걸지 못한 채, 두 사람을 힐끔힐끔 쳐다보았다. 괴로움만 더해졌다. 다음 날에도 사과하지 못해, 마음이 더욱 답답해졌다. 그런 괴로운 날들이 반복되었다.

그날은 아침부터 음침한 비가 내렸다. 여름 방학도 얼마 남지 않았는데 날씨가 정말 우울했다. 습하고 무더운 공기 탓에 불쾌하기 그지없었다. 등교하는 길에 땀 때문에 안경이 자꾸만 흘러내려 손가락으로 밀어 올려야 했다.

아이들은 운동장으로 나가 힘을 발산할 수 없었고, 교실에는 불만이 가득했다.

포요와 테츠는 이미 학교에 도착해 있었다. 오늘도 '얼굴 보면 바로 얘기해야지'라고 각오하며 등교했지만, 나는 한심하게도 자리에서 일어섰다 앉았다만 반복했다.

잠시 후, 창가에 모여 있는 한 무리에게서 이런 소리가 들렸다.

"그러고 보니까, 그 찾던 로봇 말이야."

아즈마였다. 최근에 알게 됐는데, 아즈마는 항상 앞머리를 이리저리 만지작거렸다. 원하는 모양을 유지하고 싶어서 그런 것 같았다. 오늘은 습기 때문에 정리가 잘 안 되는지 평소보다 더 신경을 썼다.

"그게 학교에서 발견됐을 때, 다들 로봇이 왜 여기에 있었는지 궁금해했잖아. 혹시 닥터 Z가 가지고 있었던 건 아닐까?"

그 말에 무리는 아즈마와 나를 주목했다. 그리고 눈이 부실 정도로 파란 티셔츠를 입은 남자아이가 '왜?'라고 되물었다.

"들어 봐. 그렇게 방송으로 광고까지 내보내면 보통은 금방 돌려주지 않겠어? 위험할 수 있다는 내용도 있었고. 그런데도 못 찾았다는 건 누군가가 숨기고 있다는 거잖아?"

듣고 있던 무리가 '그러네'라며 저마다 고개를 끄덕였다.

"그렇다면 어떤 녀석이 숨기고 있을지 생각해 봐. 도로에 떨어졌는데, 우리 학교 자료실에 있다 사라졌어. 그 로봇이 혼자서 학교에 들어와 숨었다는 것보다 누군가가 학교에 가져왔다고 생각하는 게 더 말이 되잖아."

생각보다 논리적이라 아즈마가 다시 보였다.

그 말을 듣고 있던 무리 중 한 명이 '그럼……'이라고 말하며 나에게 시선을 돌렸다. 그러자 교실에 있던 대부분이 나를 쳐다보았다. 포요와 테츠도 걱정스러운 눈빛으로 나를 바라보았다.

내가 상대하지 않아도 녀석들은 끈질겼다.

"왜 돌려주지 않을까?"

"혹시 구조를 살펴보려고 분해했는데, 다시 조립할 수 없게 돼 버려서 못 돌려주는 거 아닐까?"

"연구해 보고 싶어서, 돌려주기 싫은 건지도 몰라."

"그런가 보네!"

무리의 다른 아이들도 손가락으로 나를 가리키며 키득키득 웃었다.

저 녀석들의 마음을 읽어 보자. 진심으로 나를 의심하는 걸까? 아니면 단순히 놀리는 걸까?

분명 이건 내가 어디까지 무시하는지 시험하는 거다. 그러니 말려들어서는 안 된다. 못 들은 척 넘어가야 한다.

그러자 그때까지 아무 말도 하지 않던 한 아이가 목소리를 조금 낮추고 속삭였다.

"내가 인터넷에서 봤는데, 그 로봇 조만간 자폭한다는 소문이 있어."

"정말?"

"으아, 무서워."

어떻게 그렇게 쉽게 인터넷에 올라온 말을 믿을까? 나처럼 올바르게 정보를 수집하고 논리적으로 생각하면, 금방 알 수 있는데 말이다.

"광고에서도 그랬잖아. 자기 파괴라고. 그러니까 가까이 가면 위험하다고."

"응, 맞아, 맞아."

이런 얼토당토않은 소리는 역시 그냥 지나칠 수가 없다. 잘못된 지식은 세상에 해를 가져올 수 있으니까.

'딸깍.'

머릿속에서 스위치가 켜지는 소리가 들렸다. 나는 천천히 입을 열었다.

"그런 걸 가짜 뉴스라고 하는 거야."

아즈마는 턱을 힘껏 치켜들고 나를 쳐다보았다. 나를 얕보는 자세다.

"그건 장난감 로봇이야. 절대 그렇게 위험하게 설계했을 리가 없어."

"또 멋대로 지껄이네!"

옆에 있던 아이가 쏘아 댔지만 신경 쓰지 않았다.

"자기 파괴는 폭파한다는 뜻이 아니라 사람에게 위해를 가할 만한 행동을 하면 프로그램으로 제어하거나 정지시킨다는 의미야. 홈페이지에 나와 있어."

이제 조금은 이해했겠지? 나는 추가로 설명을 덧붙였다.

"애초에 배터리 화재를 걱정하는 회사가 자폭하도록 프로그래밍한 게 말이 안 돼."

아즈마 무리는 표정을 일그러뜨리며 나를 쏘아보았다. 그래서 얼마나 이해했는지 알 수 없었다.

그러다 아즈마가 히죽 웃었다.

"너 진짜 재수 없는 거 알지? 항상 잘난 척이나 하고 말이야. 역시 닥터 Z라니까!"

입을 크게 벌리고 웃자 전염되듯 웃음이 교실 전체에 퍼졌다. 기분 나쁜 웃음이었다. 조롱 섞인, 독이 있는 웃음. 더욱 불쾌해졌다.

아즈마 무리의 반응을 보고 나는 깨달았다.

'아, 그렇구나. 때로는 잘못된 점을 바로잡으려고 하면 상대방에게 불쾌감을 주기도 하는구나.'

그때 탕! 하고 책상을 양손으로 있는 힘껏 내리치는 소리가 들렸다. 뒤를 돌아보니, 놀랍게도 테츠가 자리에서 일어나 있었다!

흥분해서 얼굴이 새빨갛게 달아올랐다. 한 번도 본 적 없는 이글거리는 눈빛으로 아즈마를 빤히 노려보고 있었다. 숨소리가 너무 거칠어 고요한 교실에 테츠의 숨소리만 들렸다.

"뭐, 뭐야."

아즈마가 그렇게 물었지만, 테츠의 입에서는 말이 나오지 않았다. 그저 입술만 부들부들 떨었다.

왜 일어섰지? 상황을 지켜봤으면 나조차 감당하기 쉽지 않다는 걸 알 텐데. 말도 못 하는데, 아즈마 무리를 적으로 만들어서 어쩔 생각이지?

나는 테츠의 의도를 전혀 파악할 수 없었다.

아즈마 옆에 있던 녀석이 아무런 죄책감 없이 놀려 댔다.

"불만이 있으면 말을 해."

"그래, 뭐 어쩌자는 건데."

그 옆에 있던 녀석도 거들었다.

그럼에도 테츠는 계속해서 그 녀석들을 똑바로 응시했다.

그때, 누군가가 날카로운 목소리로 소리쳤다.

"그만해!"

포요다!

"이, 이거, 학교 폭력이야. 텟짱이 말 못 하는 거 알면서 어떻게."

포요도 얼굴이 새빨갛게 달아올라 있었다.

주변에 있던 아이들은 눈을 동그랗게 뜨거나 얼어붙었다. 평소에는 평화주의자답게 모든 일을 웃으며 부드럽게 넘기는 포요가 이런 말을 할 줄이야. 모두 깜짝 놀란 눈치였다.

아즈마 무리도 포요까지 저항하리라고 생각지 못했을 것이다. 잠시 놀란 듯 움직임을 멈췄다. 그러더니 '하하하!' 하고 소리 높여 웃었다.

물론 이건 조롱이다.

경계하고 있던 그때, 아즈마가 말했다.

"3급이 떠들어 대고 있네요?"

이 상황에서는 나도 응수했다.

"그, 3급이라는 거 말이야."

"뭐?"

무리 중 한 명이 턱을 들어 올렸다.

"계급장이라도 달고 있어? 그런 걸 대체 언제 정했는데?"

그렇게 말하자 분위기가 다시 가라앉았다. 그리고 아즈마 무리는 고개를 저으며 복도로 나갔다.

나는 '어라?' 하고 생각했다.

방금 같은 질문을 포요에게 했을 때, 포요는 웃었다. 그래서 그런 반응을 예상했다. 그런데 이렇게 물리치게 될 줄이야. 상대방의 마음을 파악하는 건 정말 어렵다.

아즈마 무리의 뒷모습을 지켜보는데, 가지타가 말했다.

"'닥터 Z'의 'Z'가 무슨 의미인지 알아?"

굳이 질문하는 걸 보면, 적어도 '자이젠'은 아닐 것 같다.

"그건······."

바로 떠오르지는 않았다.

가지타를 보았다. 여전히 가지타의 기분을 파악하기 쉽지 않았다.

가지타가 대답했다.

"'ZH수 없는(재수 없는)'의 'Z'. 지식 자랑만 하는 재수 없는 녀석이라던데."

맞는 말이었다. 그런 말을 들어도 할 말이 없다. 지금의 나는 그렇게 생각했다.

"하지만 뭐……."

그때 가지타가 생긋 웃으며 표정을 확 바꾸더니, '힘내!'라고 말하며 자리를 떴다.

방금 뭐였지? 비웃은 건가? 힘내라니…… 뭘?

그래. 나는 힘을 내야만 하는 중요한 일이 있다!

나는 숨을 깊게 들이쉬고, 천천히 테츠 쪽으로 걸어갔다. 한 걸음씩 가까워질 때마다 두근두근 심장이 요동쳤다.

포요는 먼저 와 있었다. 반 아이들 몇몇이 포요와 테츠에게 다가가, 말없이 어깨를 한 번씩 토닥인 후 돌아갔다. 한 사람, 두 사람, 세 사람……. 모두 여섯 명이었다.

지금 포요와 테츠에게 감사 인사를 하지 않으면, 언제 하겠어!

침을 삼키자, '꿀꺽' 하고 생각보다 큰 소리가 났다.

"저, 저기……."

포요가 나를 바로 쳐다보았다. 테츠도 나를 가만히 보았다. 말도 제대로 못 하는 나에게 포요가 조용히 미소를 지어 주었다. 그 미소만으로도 뻣뻣하게 굳어 있던 어깨가 많이 풀렸다.

"아까는…… 그러니까…… 고마웠어."

겨우 그렇게 말하자, 테츠가 나를 받아들이듯 고개를 작게 끄덕였다. 덕분에 용기를 얻어 두 사람의 눈을 똑바로 쳐다보며 한마디 더 덧붙였다.

"아즈마한테 맞서기까지 해 줘서."

포요가 절대 하고 싶지 않다고 했던 일이다.

"인사를 받을 만한 일은 아니야."

나는 포요를 빤히 쳐다보았다.

"그야, 친구잖아?"

포요는 당연한 듯 그렇게 말했다. 나는 더욱 포요를 똑바로 쳐다볼 수 없었다.

"조금 전에 깨달았어. 말해야 할 때는 해야 한다는 걸. 그대로 아무것도 하지 않으면 나 자신을 용서할 수 없을 것 같았거든."

포요는 너무나도 눈부셨다.

"자이젠이야말로 계급 얘기를 꺼내 줬잖아. 혹시 아직도 의미를 모르는 건 아니지?"

"물론 알아. 아즈마 무리가 멋대로 쓰는 말이잖아. 아까는 일부러 물어봤어."

마침내 나는 결심했다. 이번에는 망설이지 않고 깊이 머리를 숙였다.

"미안해!"

포요의 목소리가 숙인 내 등 위로 내려앉았다.

"어? 아즈마에 관한 거라면 이미……."

"아니, 그게 아니라……."

"뭐야? 왜 그러는 건데?"

천천히 고개를 들자, 포요와 테츠는 의아한 표정으로 나를 바라보았다.

테츠와 포요가 있는 힘을 다해 용기를 냈으니, 이번에는 내 차례다!

"사실, 나 무를 한 번 분해했어. 그래서 고장 난 건지도 몰라. 여태 말하지 못해서 미안해."

다시 머리를 숙였다. 무슨 말을 들어도 받아들일 각오가 되어 있다. 분명 두 사람은 놀라서 이것저것 따지겠지. 어금니를 꽉 깨물었다.

하지만 아무리 기다려도 아무런 반응이 없었다. 나는 기다리다 못해 고개를 들었다.

포요는 그다지 화난 표정이 아니었다. 테츠도 조금 전 아즈마를 노려보던 그런 표정은 아니었다.

"그랬……구나. 그럴지도 모른다고 생각했어."

"어?"

"그때 바로 배를 열어서 충전했잖아. 하지만 확실하게 듣고 싶지 않았던 것 같아. 인정하고 싶지 않았는지도 모르고. 그런데……"

그러면서 포요가 테츠를 바라보았다. 테츠는 포요를 보고 고개를 살짝 끄덕였다.

"어쩔 수…… 없지."

'그건…… 용서해 주겠다는 뜻일까?'

뒤따라오는 말은 없었다. 다시 물어볼 용기도 나지 않았다. 그저 포요를 가만히 바라보며 기다렸다.

"용서할게. 이제 절대 그러지 않겠다고 약속하면."

아아. 온몸에 힘이 풀렸다.

"텟짱이 그랬어. 자이젠은 잘난 척하는 게 아니고 다른 사람들에게 관심이 없는 것뿐이라고. 다들 너무 모르고 있는 게 많으니까, 무의식적으로 태도에서 실망감이 드러나게 된 거래."

저절로 테츠를 쳐다보았다. 역시 기복 없는 그 얼굴에서는 아무것도 읽을 수 없었다. 하지만 분명 내 마음을 정확히 나타내는 말이었다.

"자이젠이 다른 애들과 많이 다르지만, 그게 자이젠이래. 언제나 나쁜 의도로 한 행동은 아닐 거랬어."

"언제부터? 언제부터 그렇게 생각했어?"

포요가 대신 대답했다.

"처음 대화했을 때부터래."

"어?"

"왜 있잖아, 그 M 뭐라고 하는 단어를 아는지 물어봤잖아? 처음에는 귀찮아하는 표정을 지었는데 내가 안 가고 계속 버티니까 표정이 조금씩 변하더래. 쫓아낼 수도 있었는데, 일부러 질문을 했대. 그때 그렇게 생각했대."

포요는 테츠의 입에 귀를 기울였다.

"어? 뭐라고? 그게, '이번에는 대답할 수 있는 애였으면 좋겠다'라고 얼굴에 쓰여 있더래. 그래서 그렇게 생각했대."

정말로 그때 그런 마음도 조금은 있었다.

"하지만 날 싫어하던 거 아니야?"

"응? 처음에는 확실히 조금 그랬지만, 이제는 전혀 그렇지 않대. 어? 뭐라고? 재미있는 애라고 생각한대."

그 말을 들으니 한층 더 힘이 풀렸고, 주변이 포근하게 느껴졌다.

포요와 테츠는 믿을 수 없을 만큼 마음이 넓었다.

포요는 그보다 더 중요한 게 있다며 나를 재촉했다.

"무 말이야, 상태가 점점 더 나빠지고 있어. 어쩌면 좋지?"

"내 잘못이야."

하지만 포요는 이번에도 나를 위로해 주었다.

"그렇다고 단정할 수는 없어."

"하지만……."

"'왜 이렇게 되었을까'보다, '어떻게 하면 고칠 수 있을까'를 고민해 보자."

'어쩜 이렇게 긍정적일까!'

나는 포요에게 절로 겸손해졌다. 아니, 테츠에게도.

"오늘 방과 후에 비밀 기지로 올 수 있어?"

"응…… 알겠어."

"그럼 거기서 상의해 보자."

예비 수업 종이 울렸고, 각자 자기 자리로 돌아갔다.

그때 깨달았다. 그토록 고통스러웠던, 가슴을 도려내는 듯한 통증이 조금씩 사라지고 있다는 것을.

최선의 방법

방과 후, 우리는 머리를 맞대고, 좋은 방법이 있을지 열심히 생각해 보았다. 하지만 아무리 생각해도 떠오르지 않았다.

그래서 시험 삼아 무에게 직접 물어보았다.

"어디가 문제인지 찾아서 고쳐 봐."

"전화, 해 줘. 031······"라고 하며 광고에 나온 연락처를 반복해서 읊었다. 그 외에는 재부팅 정도밖에 생각나지 않았다.

포요가 걱정하는 마음도 지금은 이해할 수 있다. 하지만 아무리 인간처럼 느껴져도 무는 기계다. 컴퓨터와 마찬가지로, 재부팅이 효과가 있을지도 모른다. 게다가 나는 이미 전원을 꺼 본 적이 있다. 다음 날에도 문제없이 깨어났다. 나는 일단 한번 시도해 보자고 두 사람에게 제안했다.

포요도 전에는 전원을 끄자고 하면 그토록 반대하더니, 지난번처럼 수술이라고 생각한다면서 의외로 바로 동의했다.

셋이 이리저리 날뛰는 무를 붙잡고, 배에 있는 뚜껑을 열어 겨우 전원 스위치를 눌렀다. 하지만 꺼지지 않았다.

"그것도 고장 난 걸까?"

포요의 표정이 어두워졌다.

"그럴지도 몰라."

이 스위치 말고는 강제 종료 방법을 모른다.

"배터리가 다 닳을 때까지 기다리는 수밖에 없으려나."

내가 그렇게 중얼거리자, 테츠가 메모를 적어 보여 주었다.

'무는 배터리가 모두 닳기 전에, 스스로 충전해.'

맞다. 우리 집에 왔을 때도 스스로 충전했지. 그러면 자연 방전을 기다려도 소용없다…….

다음 날에도 그다음 날에도, 우리는 이렇다 할 방법을 떠올리지 못했다. 언제, 어떤 상황에 수색이 이곳까지 닿을지 모른다. 학교에서 봤다고 누군가가 신고했을 수도 있었다.

한편, 무는 증상이 계속 악화되었다. 점점 더 어린애처럼 이야기하고 움직임도 날이 갈수록 느려졌다.

그날도 비밀 기지에 모였다.

무가 멍한 얼굴로 작게 중얼거렸다.

"무⋯⋯ 바보."

포요는 그런 무에게 자신감을 불어넣었다.

"왜 그런 말을 해! 무가 얼마나 똑똑한데!"

"무⋯⋯ 안 돼."

하지만 무는 고개를 떨구었다.

활발하게 움직이거나 난동 피우던 때와 달리, 오늘은 거의 움직이지 않았다.

지금까지 해 왔던 것들이 점점 불가능해졌다. 무가 이 상황을 힘들어하고 슬퍼하는지는 알 수 없었다. 나는 상상이 잘 되지 않았다. 대화가 잘 통하던 무가 이제 더 이상 어디에도 없다. 마음이 찢어질 듯 슬펐다.

무는 가끔 몸 전체를 작게 떨었다. 무가 숨이 끊어질 듯한 목소리로 물었다.

"무⋯⋯ 죽어?"

포요는 불안을 없애 주려는 듯, 강하게 부정했다.

"무슨 소리야. 괜찮아, 걱정하지 마!"

나도 최선을 다해 다독였다.

"너는 로봇이야. 사람이 아니니까 죽지 않아. 고치면 돼."

"고⋯⋯쳐?"

"응."

"고쳐 줘."

셋 다 말을 잇지 못했다.

"고, 쳐, 줘!"

무의 슬픈 외침에 아무도 대답할 수 없었다.

방법이 없었다. 이제 남은 건……

로보&미 회사에 연락하는 것이다.

적어도 수리를 받으려면 제일 나은 방법이다. 그리고 어떻게든 우리가 지금처럼 데리고 있을 수 있도록 최선을 다해 협상해 보는 거다. 같은 환경에서 장기간 학습시키면 어떤 결과가 나오는지 실험한다고 생각해 주면 안 될지 말이다. 물론 실낱같은 희망이지만.

하지만 걱정되는 부분이 있다. 내가 무에게 손댄 사실을

들키면 어떻게 될까?

무를 이대로 계속 숨겨야 하나? 그러면 적어도 무와 계속 함께할 가능성은 높아진다. 하지만 할 수 있는 일이 점점 더 줄어들 거다. 그로 인해 괴로워하는 무에게 아무것도 해 주지 못한 채 그저 지켜보는 건 너무나 고통스럽다.

둘 중 어떤 선택을 해도 괴로운 건 마찬가지였다.

"그 회사, 무를 고쳐 줄까?"

포요가 물었다.

"글쎄."

"고치지 않고 폐기해 버리지는 않겠지? 위험하다고 그렇게나 얘기했잖아."

"그건······."

꽤 오랜 시간 공을 들여 만들었을 테니 쉽게 폐기할 거라고 생각하지 않았다. 어째서 움직이지 않는지 원인을 찾아보려고 할 것이다. 그게 제작의 기본이니까. 어쩌면 고칠 가능성도 있었다. 하지만 나아진다는 보장도 없었다.

고민을 거듭하고 있는 우리 옆에서, 무는 멍한 표정으로 힘없이 앉아 있었다.

집에 돌아가는 길에, 우리는 남동생의 손을 잡고 가는 가지타와 마주쳤다. 가지타는 큰 보조 가방과 자동차 그림이 그려진 가방을 어깨에 메고 있었다.

"리쿠, 잘 다녀왔어?"

포요는 어째서인지 가지타 동생의 이름을 알고 있었고, 활짝 핀 손을 뻗었다.

"헤이!"

리쿠도 신난 표정으로 손을 마주쳤다.

"그럼, 잘 가."

"바이 바이!"

둘은 헤어지면서도, 오랫동안 손을 흔들며 인사했다.

"내 동생들이랑 같은 어린이집에 다니거든."

"아, 그렇구나."

"엄마가 계속 입원 중이셔서 집안일도 그렇고, 어린이집 등·하원도 전부 가지타가 하는 것 같아."

'그렇구나.'

거만해 보이는 태도 때문에 아이들과 어울리지 못하는 애라고만 생각했다. 하지만 그건 고생해 본 사람에게서만 나오는 관록*인지도 모른다.

나는 이제야 가지타에 대해 조금 알게 된 것 같았다.

관록 어떤 일에 대한 상당한 경력으로 생긴 위엄이나 권위.

중대 결심

드디어 여름 방학이 되었다.

올여름도 역시 뜨거웠지만 우리는 매일 비밀 기지에 갔다.

좁은 사당 안은 통풍이 잘되지 않아, 어쩔 수 없이 문을 열어 두고 더위를 견뎠다. 때로는 나무 그늘로 이동하거나, 무를 배낭에 넣고 쇼핑몰에서 시간을 보내기도 했다.

그날은 아침부터 유난히 뜨거웠다.

비밀 기지에 모여 테츠가 배낭에서 무를 꺼내자, 무는 경련을 일으키듯 몸을 떨었고, 결국 움직임이 완전히 멈춰 버렸다. 배터리가 다 된 것은 아니었다. 눈의 불빛은 사라지지 않았으니까. 하지만 눈과 입 모두 계속 일자로 닫혀 있었다.

포요는 당황해하며 무를 계속 흔들었다.

"무, 정신 차려!"

물론 그런 방법으로는 고칠 수 없다. 머리로는 알고 있다. 하지만 나도 그렇게 해 보고 싶었다.

이제는 지체할 여유가 없었다. '어떻게 하지?'라고 묻는 것도 망설여졌다. 나와 포요는 아무런 말도 꺼내지 못했다. 하지만 무를 위한 최선의 행동을 해야 했다.

포요는 가슴이 찢어질 듯한 목소리로 말했다.

"그럼, 이제 회사에 연락해야……겠네."

"응."

"분해한 건 나도 같이 사과할게. 혼자 경찰서에 끌려가게 하지는 않을 거야!"

포요가 그렇게 말하자, 테츠도 고개를 크게 끄덕였다. 아, 코가 찡해지며 가슴 안쪽이 저릿했다.

사실 나는 조금 전 한 가지 방법을 떠올렸다. 그저 발악에 불과할지도 모른다. 포요와 테츠는 쉽게 그러자고 대답하지 못할 것이다. 그래도 이대로 회사에 연락하기보다는 그쪽에 희망을 걸어 보고 싶었다.

"저…… 있잖아. 그 전에 테츠네 아빠한테 상담을 받아 보는 건 어떨까?"

예상대로 두 사람은 입을 굳게 다문 채 움직이지 않았다.

"적어도 그 회사보다 신뢰할 수 있잖아."

나는 두 사람의 얼굴을 번갈아 보며, 그 안에 숨겨진 진심을 들여다보려고 했다.

테츠는 여느 때처럼 무표정이었다. 포요는 '음……'이라고 말하며, 테츠 쪽을 흘끗흘끗 쳐다보았다.

두 사람의 마음은 아직 움직이지 않았다. 한 번 더 밀어붙일 필요가 있다.

"로봇 전문가니까 고쳐 줄지도 몰라. 무에게 가장 필요한 해결책을 주시지 않을까?"

포요는 대답하기 힘들어하며 머뭇거리다 입을 열었다.

"그게…… 있잖아. 테츠네 아빠는, 그러니까……."

테츠네 집에 갔을 때 두 사람이 무슨 말을 하려 했는지, 지금은 알고 있다.

"테츠를 소중하게 생각하지 않는다는 거잖아?"

포요는 깜짝 놀라며 숨을 들이마셨고, 어떻게 그렇게 직설적으로 얘기할 수 있느냐고 비난하듯 나를 쳐다보았다.

"나는 그렇게 생각하지 않아."

포요는 테츠를 보호하듯 반발했다.

"하지만 자이젠은 만나 본 적 없잖아? 아저씨는 텟짱이 어렸을 때부터 집에 계셔도 전혀 놀아 주지 않으셨어. 게다가……."

"하지만 그 블록들 전부 다 비싼 것들이었어."

"말했잖아. 그건 아저씨 취미라서……."

"그 애니메이션 '마블러스 V' 블록 말이야. 나중에 받은 건 프리미엄 한정판이더라고. 그래서 뭐가 다른 건지 찾아 봤는데, 엄청난 비밀을 발견했어."

거기에는 기대 이상의 상상도 못 한 답이 숨어 있었다.

"어느 대학생이 '마블러스 V' 비행기 세트 두 개를 이용해서 멋진 열차를 조립했어. 그리고 인터넷에 소개했는데, 그게 반응이 아주 좋았던 모양이야. 그래서 열차도 만들 수 있도록 비밀 부품을 추가하고, '프리미엄'이라고 이름 붙여서 한정으로 100개만 판매했대."

간단히 말하면, 비행기의 머리 부분이 열차의 선두 부분이 된다. 그렇게 두 세트로 차량이 완성된다. 비행기와 열차 모두 초고속으로 움직이니 형태 면에서 공통점이 많다. 게다가 블록이라 색상과 형태를 독창적으로 표현할 수 있다.

물론 처음에 판매한 건, 오로지 '마블러스 V'를 만드는 블록뿐이다. 하지만 열지 않은 블록 상자에는 '수량 한정 프리미엄'이라고 적힌 스티커가 붙어 있다. 그 안에는 열차를 만들 때 필요한 비밀 재료인 레일과 열차용 바퀴가 들어 있을 거다.

테츠네 아빠가 이 특별한 정보를 알고 있다면 2년 연속으로 같은 것을 선물한 의미가 크게 달라진다.

엔지니어는 대부분 꼼꼼한 사람이다. 그런 사람이 실수로 잘못 선물했을 것 같지는 않다. 논리적으로 생각했을 때 알고서 선물했다고 보는 게 더 타당하다.

"테츠네 아빠는 테츠를 정말 소중하게 생각하고 계셔. 열차를 좋아하는 것도 알고 계시고. 그래서 어렵게 '프리미엄 한정판'을 구해서 두 세트를 선물한 거야."

하지만 두 사람은 아직 반신반의했다. 그럴 만도 했다. 상자를 열어 본 적도 없으니까.

"게다가 다른 블록도 전부 테츠의 생일 달에 나온 최신 시리즈였어. 생일을 중요하게 여기고 계시다는 뜻이잖아?"

"음……."

"아직도 이해가 안 돼? 그럼 지금 집에 가서 상자를 열어 보는 건 어때?"

"그게 아니라……."

"그럼 뭔데?"

"만약 레일이 들어 있다고 해도, 어쩌다 우연히 같은 걸 샀을지도 모르잖아?"

"그건…… 그래, 아주머니하고도 상의하시지 않아? 아주머니가 2년 연속 같은 걸 고른 게 이상하지 않아?"

"그렇게 따지면, 처음부터 텟짱네 아빠가 고른 게 아닐 수도 있지? 아주머니가 부품이 추가된 선물을 사기로 결정했을 수도 있잖아."

그렇게까지 의심하니 할 말이 없었다.

이래서는 도무지 결론이 나지 않을 것 같았다.

포요는 내가 모르는 아저씨의 모습을 이야기해 주었다.

"예를 들면 텟짱이 소프트볼을 잘 못해서, 아저씨가 집에 오셨을 때, 같이 연습하자고 몇 번이나 부탁한 적이 있어. 그런데 바쁘다면서 같이 해 주지 않으셨어."

"혹시 아저씨도 잘 못하시는 건 아닐까?"

"운동은 잘하실 것 같은데……."

포요는 잠시 말을 멈추었지만, 곧 다시 예를 들었다.

"그리고 생일 선물 대신 같이 열차를 타고 놀러 가고 싶다고 부탁한 적도 있어. 그런데 아저씨는 바로 거절하셨어. 텟짱, 거절당하면 크게 실망할까 봐 정말 오래 고민하고 부탁했는데 말이야."

"정말 바빠서 그랬던 건 아닐까?"

"하지만 생일까지는 여유가 있었어. 일은 그전에 열심히 하고, 시간을 낼 수도 있잖아."

"우리 아빠도 쉬는 날 집에서 서류 작업을 하시기도 해."

그럼에도 둘은 여전히 믿기 어려운 듯했다.

"어쨌든, 달리 부탁할 만한 어른도 없잖아. 도와주실 거라고 믿어 보자."

포요는 입을 굳게 다물었다. 이렇게까지 반대할 줄이야.

테츠는…… 아까부터 계속 한 곳만 응시하고 있다. 혼자서 깊이 고민하는 모양이었다.

잠시 후, 테츠가 메모지를 꺼내 또박또박 글자를 적었다.

'아빠의 진심, 알게 되는 게 두려워.'

"그렇……구나."

펜을 쥔 테츠의 주먹에 힘이 들어갔다.

'상담하면 아마 고쳐 주기보다 주인에게 돌려주라고 하실 거야.'

그렇게 생각하는구나…….

테츠는 잠시 생각하다가, 펜을 빠르게 움직였다.

'하지만 갑자기 가는 건 괜찮아.'

"그 말은…… 아저씨가 계신 곳에 무를 말없이 데려가자는 거야?"

'일부러 그곳까지 우리끼리만 찾아가면 진지하게 생각해 주

실지도 몰라.'

고개를 들고 나를 바라보는 테츠의 눈동자에 굳은 결의가 가득했다. 지난번 아즈마 무리에게서 나를 지켜 주려 했을 때처럼 강한 의지가 보였다.

테츠네 아빠는 고베에 있었다. 물론 또래끼리만 가 본 적은 없다.

하지만 가까운 세토 내해 연안의 히메지라는 도시는 여기로 이사 오기 전까지 살던 곳이다. 무엇보다 테츠는 철도 마니아다.

"해 보자. 해 볼 가치가 있어."

테츠와 포요를 바라보았다. 테츠가 고개를 끄덕였다.

포요도 그 모습을 보고, 마지못해 찬성했다.

"뭐…… 텟짱이 그렇게 말한다면."

"그럼 서두르는 게 좋겠지?"

그 점에는 둘 다 곧바로 찬성했다.

"그럼, 내일 출발하는 거 어때?"

두 사람 모두 동의했다.

우리의 여행

친구네 집에서 하루 종일 숙제한다고 말한 뒤 집을 나섰다. 환승 경로는 인터넷으로 찾아보고 인쇄했다. 테츠의 꿈이 '일반 열차를 갈아타며 전국을 여행하는 것'이라고 했으니, 걱정할 필요는 없겠지만, 부적 대신이었다. 용돈을 긁어모으고, 교통 카드를 챙기고, 약속 장소인 '아카네 공원'으로 향했다.

테츠는 이미 도착해 벤치에 앉아 있었다. 오늘도 역시 마룬색의 큰 짐을 들고 있다.

"무는 좀 어때?"

내가 묻자, 테츠는 배낭을 바닥에 놓고, 위쪽에 뚜껑처럼 덮인 부분을 들어 올린 뒤, 꽉 조인 끈을 풀었다. 안을 들여다보니 무가 있었다.

무는 꿈쩍도 하지 않았다. 어제와 마찬가지로 눈과 입이 일자로 닫혀 있었다.

테츠는 원래대로 뚜껑을 덮은 뒤, 조각상처럼 계속 가만히 있었다. 나도 그 옆에 앉았지만, 포요가 없으니 어색했다.

몇 분이 지나고, 모기가 얼굴 주위를 날아다녔다. 손으로 쫓아내고는 불평을 늘어놓았다.

"포요는 대체 왜 안 오는 거야."

계속해서 모기와 씨름하며 말하자 테츠가 태연한 얼굴로 '괜찮을 거야'라고 말하듯, 천천히 고개를 끄덕였다.

모기도 사람을 골라서 공격하나? 나한테만 달려드는 것 같았다. 겨우 모기를 잡고 만족스러워하는데, 테츠가 나를 빤히 쳐다보고 있었다는 걸 깨달았다.

'음……' 하고 말을 꺼내 보았지만, 대화 주제가 전혀 떠오르지 않았다.

"그러니까…… 나는…… 테츠네 아빠가 음…… 테츠를 소중하게 생각한다고 믿어."

미동도 없이 귀를 기울이던 테츠는 갑자기 무언가 생각난 듯, 배낭 옆의 주머니에서 메모장과 샤프를 꺼내, 재빠르게 글자를 적어 나에게 내밀었다.

'고마워.'

내가 고개를 끄덕이자, 이어서 글자를 적었다.

'하지만 잘 모르겠어.'

아무래도 갑자기는 무리겠지…….

우리 아빠는 나를 전혀 이해하지 못한다. 하지만 아빠가 나를 소중히 생각하는 건 느낄 수 있다. 아니, 사실 가족 모두가 나를 제대로 이해하지 못한다. 그래도 그 공간이 내가 있을 자리라고 생각한다. 테츠는 그 넓고 멋진 집에서 어떤 기분으로 지내고 있을까?

그건 그렇고 포요는 대체 어떻게 된 거지? 약속 시간이 벌써 15분이나 지났는데.

"타기로 했던 열차를 놓쳐 버렸어. 시간을 착각한 거 아닐까?"

테츠는 다시 샤프로 글자를 적었다.

'나오기 쉽지 않아서 그럴 거야.'

겁먹고 망설이고 있다는 건가? 안 돼.

여차하면 이대로 둘이 출발할 수도 있다. 하지만 테츠와 둘이 간다는 건 상상도 못 했다. 셋이 아니면 의미가 없다.

목을 길게 빼고 포요네 집 방향을 지켜보았다. 마침내 멀리서 지면을 때리는 듯한 소리가 들려왔다.

"미안, 미안."

포요는 몸을 흔들며 달려오다 멈춰 섰다. 이마에서 땀이 줄줄 흘렀고, 헉헉거리며 힘겹게 숨을 몰아쉬었다.

"아침부터, 동생들이, 크게 싸웠어. 엄마랑 아빠는, 장 보러, 가셨고. 할머니는, 당황해하시고, 할아버지는, 알아서 하라고, 하셔서 내가, 달랠 수밖에, 없었어. 그래서, 챙겨 오려던, 간식을, 나눠 주느라, 늦어 버렸어."

숨을 헐떡이느라 말이 이상하게 끊겨서, 하고 싶은 말이 뭔지 이해가 잘 되지 않았다. 그래도 눈앞에서 벌어진 다툼을 그냥 내버려둘 수 없었다는 점은 충분히 전달되었다.

"포요답네."

내 말에 포요가 '어?' 하며 눈을 동그랗게 떴다.

"모두의 평화."

"그, 그런가. 헤헤헤."

포요가 와서 안심이 되었다. 의지가 된다는 의미와는 조금 다르지만, 포요는 사람을 소중히 여기기에 그 온기가 전해져서 그런 것 같다.

"일단 서두르자."

시간이 늦어진 만큼, 우리는 서둘러 근처 역으로 향했다.

열차를 탄 후에도 전혀 마음이 놓이지 않았다. 지금 무는 배낭 속에서 움직이지 않고 있다. 하지만 언제 갑자기 움직일지 모른다.

포요는 흐르는 풍경을 멍하니 바라보았다. 테츠는 무표정하던 평소와 눈빛이 달랐다.

걱정하던 환승도 테츠가 척척 안내해 주었다. 열차에서 내려 주위를 두리번거리면, 몇 번째 차량을 타야 다음에 환승이 편한지까지 알고, 우리 팔을 끌고 갔다. 평소와 너무 다른 모습이라 정말 테츠가 맞나 싶어 다시 한번 쳐다볼 정도였다.

신칸센을 탈 만한 돈은 없어서 재래선을 타고 갔다. 그렇게 이동하면 우리 동네에서 고베까지 4시간 남짓이 걸린다고 했다.

도카이도 본선에 탑승하자, 이제는 정말 멀리 가는구나 싶어 더욱 긴장되었다.

아이들끼리만 열차를 탄 데다 이렇게나 큰 짐까지 짊어지고 있으니 의심받지는 않을까 걱정이 되었다. '당연함의 법칙'에 따르면, 이건 '당연하지 않은' 상태다.

멋지게 차려입은 백발의 할머니가 열차에 올라탔다. 빈자리를 찾으며 두리번거리다 우리 바로 맞은편 자리에 앉았다.

"친구들끼리 사이가 좋구나."

할머니는 부드럽게 미소 지었다.

"너희는 어디 가는 길이니?"

백화점에 가는 듯한 차림새였고, 대화하기 어렵지 않아 보였다.

내가 가장 적절한 대답이 무엇일지 머리를 굴리고 있던 그때, 포요가 웃으며 대답했다.

"그게요. 다 같이 저희 할머니 댁에 가서 자고 오기로 했어요."

"그렇구나."

할머니는 의심하지 않고, 눈을 더욱 가늘게 뜨며 물었다.

"어딘데?"

이럴 줄 알았다. 생각 없이 대답하면, 이렇게 계속 질문을 받게 된다. 잘 대답하지 않으면, 거짓말이 들통나 버릴지도 모른다.

그러자 포요는 당황한 기색 없이, 천진난만한 표정으로 웃으며 말했다.

"헤헤, 그건 비밀이에요!"

"어머, 그렇구나."

할머니는 당황한 표정을 지었다.

그래, 그런 방법이 있었구나! 아이만의 특권, 아니, 포요만이 할 수 있는 고도의 소통 능력이다.

갈아타기 위해 마이바라에서 내려, 승강장에서 열차를 기다렸다. 먹구름으로 가득한 하늘을 올려다보고 있는데, 결국 비가 조금씩 내리기 시작했다.

우산이 있냐는 포요의 말에 테츠가 확인해 보려는 듯, 배낭을 이리저리 뒤적였고, 그러다 무가 굴러떨어져 버렸다.

'쿵!'

곧장 셋이 에워싸듯 감싼 뒤, 급하게 다시 테츠의 배낭에 무를 넣었다.

"소리가 꽤 컸는데."

포요는 불안한 표정이었다.

1미터 가까운 높이에서 바닥으로 떨어졌기 때문에 분명 꽤 충격을 받았을 거다.

"괜찮겠지? 더 망가지지는 않았겠지?"

포요는 불안을 덜기 위해 계속 그렇게 말했다.

"아무도 못 봤겠지? 다들 비를 신경 쓰고 있었으니까."

이제 와서 걱정해 봤자 소용없었다.

"뭐, 그랬기를 바라는 수밖에."

나도 불안을 덜기 위해 그렇게 말했다.

빗발이 거세졌다.

"빗소리가 너무 커서, 무가 무서워하지는 않을까?"

포요가 테츠의 배낭 안을 들여다보려고 했다.

그러자 배낭 속에서 무가 웅얼거리는 소리가 들렸다. 뚜껑을 열고 안을 들여다보니, 그동안 계속 감겨 있던 무가 눈을 떴다.

"무가 깨어났어!"

"쉿, 목소리가 너무 커."

떨어진 충격 때문에 반응했을 수도 있다.

드디어 열차가 도착했고, 우리는 서둘러 몸을 실었다.

그러자 무가 바스락거리며 움직이기 시작했다. 내가 테츠

뒤에 서서 배낭을 안듯이 가리자, 움직임을 멈췄다. 괜찮은 것 같아 가방에서 떨어지면, 또다시 움직였다. 계속 반복이었다.

다른 사람의 배낭에 매달려 있는 모습은 아무래도 부자연스럽다. 그래서 테츠에게 배낭을 배 쪽으로 안듯이 고쳐 매라고 한 뒤, 셋이 원을 만들어 배낭을 숨겼다.

열차는 산속을 지났다. 어디에나 있을 법한, 푸릇한 논밭 풍경과 작고 아담한 마을이 흘러갔다.

오늘은 이상하게도 테츠에게 매우 의지가 됐다. 반면 포요는 처음에는 낯선 할머니에게 멋지게 대응했지만 열차가 집에서 멀어지면 멀어질수록 점점 더 긴장하는 게 보였다.

마이바라에서 갈아탄 지 한 시간 이상이 지났다. 이미 교토를 지나고, 오사카도 지났다. 얼마 후 효고현에 다다를 즈음, 무가 격하게 움직였다. 멈출 기미가 보이지 않았다. 주변 사람들도 안에 뭐가 들었는지 궁금한 듯 쳐다보았다. 당황한 우리는 다음 칸으로 이동했다.

그러나 얼마 지나지 않아, 무가 또다시 바스락거렸다. 큰 도시를 달리고 있어서 승객도 꽤 많았다. 주목을 받아 어쩔 수 없이 다음 칸으로, 또 다음 칸으로 이동했다.

그렇게 여섯 번째 칸에 도착한 순간, 무가 결국 크게 소리를 냈다.

"부우!"

승객들이 일제히 우리 쪽으로 시선을 보냈다. 곧바로 스마트폰을 꺼내 촬영하는 사람도 있었다. 수군거리는 소리도 들렸다.

언제부터인지 배낭 덮개 사이로 한쪽 팔이 절반 가까이 빠져나와 있었다. 가방 입구가 제대로 닫혀 있지 않았던 걸까? 아니면 무가 연 걸까?

"아, 눈치챘을 것 같아."

포요가 불안에 떨고 있었다.

"다음 역에서 내려야겠다."

내 제안에 두 사람 모두 흔들리는 눈빛으로 동의했다.

그러나 좀처럼 역에 도착하지 않았다. 그 사이 한 사람이 다가와 무례하게 질문했다.

"얘, 그 배낭에 든 것 좀 보여 줄래?"

테츠가 겁에 질린 표정으로 고개를 흔들며 뒷걸음질 쳤다.

나는 그 사람과 테츠 사이에 비집고 들어갔다.

"얘는요, 그…… 대인 공포증이 있어요. 모르는 사람이 가까이 다가오면 발작을 일으킬지도 몰라요."

대충 둘러댄 뒤, 팔을 벌려 뒤에 있는 테츠를 가리며 그 사람에게서 도망쳤다.

'제발! 어서 역에 도착해라!'

열차 안을 정신없이 걷다 보니, 드디어 역에 도착했다. 즉시 열차에서 내린 뒤, 나는 두 사람에게 말했다.

"상황이 이렇게 돼 버렸으니 지금 바로 테츠네 아빠에게 연락하자."

두 사람도 바로 찬성하기는 했다.

"테츠가 전화로는 얘기할 수 있어?"

내 말에 테츠는 괴로운 표정으로 고개를 저었다.

"알겠어. 그러면…… 내가 전화로 얘기할게. 그런데 갑자기 낯선 사람이 전화하면 놀랄 수 있으니까 처음에는 포요가 걸어 줘."

포요도 동의했다. 그러나 우리 셋은 휴대전화가 없었고 공중전화도 안 보였다.

꽤 큰 역이라 사람이 정말 많았다. 그래서 사람들 틈에 섞여 있을 수 있었지만, 도무지 공중전화를 찾을 수 없었다.

두 사람은 낯선 곳에서 수많은 사람에 압도되어 몹시 긴장했다. 작은 마을에서 거의 벗어나 본 적이 없는 것 같다. 포요는 내 팔꿈치 쪽을 잡고 필사적으로 떨어지지 않으려고 했다. 테츠가 오히려 침착해 보였지만 눈동자가 불안하게 떨리는 건 마찬가지였다.

나는 두 사람을 데리고 친절해 보이는 사람을 찾아, 공중전화가 어디 있는지 물어보았다. 근처에는 없고 환승 센터 버스 정류장까지 가야 한다고 했다. 거기까지 어떻게 가야 하는지 설명을 들었지만, 복잡해서 이해하기가 어려웠다.

개찰구를 지나 밖으로 나가자, 여기도 비가 내리고 있었다. 오히려 마이바라보다 빗발이 더 거셌다.

배낭에 빗물이 닿자, 무가 다시 소란을 피우기 시작했다. 아무리 북적이는 곳이라 해도 지나가다 의심스러운 시선을 보내는 사람도 있었다.

나와 포요는 테츠의 양옆에 붙어서 걸었다. 그러던 중 포요가 나를 톡톡 쳤다.

"있잖아, 방금 이상한 소리가 났어."

"뭐?"

내가 걸음을 멈추지 않고 공중전화를 찾으며 고개를 두리번거리자 포요가 이번에는 내 옷자락을 세게 잡아당기며 심각한 표정으로 말했다.

"'파지직' 하는 소리가 들렸어. 무 괜찮을까? 확인해 보면 안 돼?"

결국 걸음을 멈췄다.

"여기서?"

"그렇긴 하지만……."

"탄내라든지, 뭔가가 타는 느낌 같은 건 없고?"

포요가 배낭에 코를 가져다 대었다. 나도 옆에서 냄새를

맡아 보았다.

"음, 잘 모르겠어."

"그러게."

어쩌면 좋을지 고민하며 고개를 돌리는데, 버스 정류장과

공중전화가 보였다. 일단은 통화가 먼저라는 생각에 걸음을

재촉했다. 포요와 테츠도 손을 놓치지 않으려 애쓰며 끌려

가듯 따라왔다.

포요는 테츠가 챙겨 온 아저씨의 명함을 보고 전화를 걸

었다. 좀처럼 연결이 되지 않았다. 번호를 잘못 누른 건 아닐

지 불안해지기 시작할 때쯤, 마침내 연결되었다.

포요는 간단히 자신의 이름을 밝힌 뒤, 중요한 이야기가

있다고만 전했다.

"그럼 자이젠을 바꿔드리겠습니다."

수화기를 넘겨받은 뒤, 나는 아차 하는 생각이 들었다.

나는 통화를 제대로 해 본 적이 없다. 지금껏 할머니하고

만 통화를 해 보았고 '네?'나 '네'라는 대답으로 상황을 모면해 왔다. 상대방의 얼굴이 보이지 않으면 더 어렵다. 예상치 못한 질문에 즉각 대응하기도 어렵다. 하물며 상대는 얼굴도 모르는 어른이다. 갑자기 불안감이 밀려왔다. 심장이 쿵쾅거리고 어지러웠다.

"안녕하세요. 저, 그러니까…… 저 저는…… 자이젠이라고 합니다."

등에서 땀방울이 주르륵 흘러내렸다.

"자이젠?"

"아, 네. 테츠…… 아니, 류세이랑…… 지금 같이 있습니다."

"그렇구나. 그래서? 중요한 얘기라는 게 뭐니?"

수화기 너머로 짜증이 느껴졌다. 일하는 중간에 이런 전화를 받으면 당연히 짜증이 날 것이다.

"그게…… 문제가 좀 생겨서요……."

"문제?"

시간이 없다. 최대한 빨리 말씀드려야 한다. 필사적으로 말을 이어 갔다.

"최근에 TV에서 자주 나오는, 하얀색 로봇을 찾는 광고 보신 적 있나요?"

"글쎄, TV는 거의 보지 않아서."

"그러시군요……"

안 되겠다. 이러다가는 전화를 끊자고 할지도 몰라. 어떻게 대화를 이어 가야 할까?

땀이 이제는 등뿐만 아니라 온몸에서 흘렀다. 지금이 순간, 말이 나오지 않는 테츠의 고통을 조금이나마 이해할 수 있었다.

"바꿔 줘."

포요가 내 옆에 서서, 수화기를 건네 달라고 손을 뻗었다.

잠시 생각했다. 포요는 논리적으로 설명하는 게 서툴다. 지금은 내가 버텨 보는 게…….

하지만 포요가 수화기를 빼앗아, 평소보다 빠르게 말을 전했다.

"있잖아요, 아저씨. 저희가 로봇을 주워서 키우고 있어요."

수화기 너머로 당황한 목소리가 들렸다.

"키우고…… 있다고?"

"네, 맞아요. 자세한 건 나중에 말씀드릴게요. 가능한 한 빨리 아저씨를 만나고 싶어요. 로봇 회사 사람들이 쫓아올지도 몰라요. 나쁜 사람일 수도 있어서 너무 걱정돼요. 그래서 지금 바로 데리러 와 주시면 좋겠어요."

"데리러 와 달라니, 어디로?"

포요는 우리에게 여기가 어딘지 물었다. 테츠는 아는 것 같았지만, 아무래도 말해 주긴 힘들 것 같다. 주위를 빙 둘러보니, 버스 정류장에 'JR 아마가사키역'이라고 적혀 있었다.

"아, 저거다. 아마가사키."

포요는 알겠다는 듯 고개를 끄덕였다.

"아마가사키라는 JR 역에 있어요. 그래서 일하시는 중인 건 알지만, 지금 바로 와 주시면 안 될까요?"

"혹시…… 너희들끼리만 있니?"

"네."

"하아…… 곧 회의에 들어갈 시간인데…… 큰일이네."

수화기 너머에서 잠시 아무런 소리도 들리지 않았다.

"음…… 어떻게 부탁한다고 해도……. 앞으로 40분 후쯤이면 도착할 것 같아. 만나는 장소는…… 잠시만."

그때 다시 침묵이 흘렀다. 지도를 확인하고 있는지도 모른다.

"버스 정류장 남쪽 출구로 하자. 만약 40분이 지나도 못 만나면, 다시 연락 주렴."

다행히 대화가 잘 마무리되었다. 포요가 다시 보였다.

전화로 대화하지 못하는, 창피한 모습을 보이고 말았다. 하지만 포요는 놀리거나 하지 않았고, "다행이다"라고 말한 뒤, "아저씨가 와 주신대" 하며 감정 없는 목소리로 테츠에게 말했다.

테츠는 조용히 고개를 끄덕였다.

여기까지 왔으니, 고베는 이제 코앞이다. 그래도 조심하는 게 좋다. 눈에 띄지 않는 장소로 가서 시간이 가까워질 때까지 기다리기로 했다.

버스 정류장 옆 가전제품 매장에서 시간을 보냈다. 30분이 지났을 즘, 로터리로 이동해서 기다리기로 했다.

"무슨 색 차일까? 물어볼 걸 그랬네."

포요의 말에 일반적인 차라면 흰색이 아닐까 하는 '당연함의 법칙'에 따라 내가 대답했다. 테츠도 고개를 끄덕였다.

"맞다, 집에 차를 타고 오신 적도 있었지."

포요도 기억이 떠오른 것 같았다. 그리고 이어서 말했다.

"하지만 그럼 비슷한 차가 엄청 많을 텐데."

좀 더 눈에 띄는 표시가 있으면 좋을 텐데. 그런 생각을 하며 달리는 차를 살피던 중, 흰색 차 한 대가 방향지시등을 켜고, 로터리로 들어서려고 기다리고 있었다.

"저 차……일까?"

포요가 몸을 앞으로 내밀며 말했다. 나도 잘 보이지 않아, 눈을 가늘게 뜨고 집중해서 살펴보았다.

신호가 바뀌었고, 그 차가 조용히 우리 앞에 정차했다.

차 문에는 무한대 기호(∞)가 있었다. 차에는 어두운 정장을 입은 남자 두 명이 타고 있었다.

한 명은 짙은 색 선글라스를 쓰고 있어, 마치 TV 프로그램 속 술래잡기의 술래, '추적자' 같았다.

"도망쳐!"

우리는 역 안으로 달렸다.

도주 중

남자들은 그곳에 차를 세워 두고 우리를 쫓아왔다.

역 안은 도망치기에 그리 넓지 않았다. 금방 따라잡힐 것 같았다. 북쪽 출구 쪽에 있는 쇼핑몰로 도망칠까 하는 생각도 잠깐 머리에 스쳤다. 하지만 한 번도 발을 들여 본 적 없는 낯선 장소로 가는 것도 불안했다.

"저기로 가자!"

다시 밖으로 나와, 조금 전까지 시간을 보냈던 가전제품 매장으로 도망쳤다. 매장 안에는 제법 사람이 있었다. 적어도 역보다는 나았다. 우리는 가능한 한 사람이 많은 곳을 찾아, 진열대 위로 머리가 드러나지 않도록, 고개를 숙이며 이리저리 도망쳤다.

휴대전화 판매대는 직원도, 손님도 많았다. 여기라면 쉽게 들키지 않을 것 같았다. 굳이 이동하지 않고 진열대 뒤에 숨었지만, 곧바로 남자들의 머리가 보였다.

"왔어!"

포요가 겁먹은 목소리로 말했다.

어쩔 수 없이 계단을 이용해 위층으로 이동했다. 왼쪽은 장난감 판매대, 오른쪽은 DVD 판매대였다. 두 곳 모두 사람이 많았고, 아이도 많았다. 비슷한 또래가 많아서 아까보다는 훨씬 눈에 덜 띌 것 같았다.

곧 남자들이 2층으로 올라왔다. 그들은 두 갈래로 나뉘어 매장 진열대를 한 열씩, 샅샅이 찾고 있었다. 그런데 이상하게도 반대편은 전혀 찾지 않고 우리가 있는 장난감 판매대 쪽만 집중해서 찾았다.

나는 시험 삼아 두 사람을 데리고, DVD 진열대 쪽으로 이동했다.

그러자 남자들은 손에 쥔 작은 단말기 같은 것을 들여다보더니, 망설임 없이 우리가 있는 쪽으로 다가왔다.

'이런!'

두 사람을 데리고 구르듯 몸을 숙여 아래층으로 내려갔다. 남자들도 바로 반응을 보였다.

"큰일이야. 무의 GPS가 다시 작동하는 것 같아."

"뭐?"

"우리 위치를 추적하고 있어."

그렇다면 열차를 타고 도망치는 방법밖에 없다.

"일단 열차가 오면 타자!"

"하지만!"

포요는 불안한 나머지, 당장이라도 울 것 같았다.

"테츠가 있잖아. 어떻게든 될 거야!"

테츠는 심각한 표정을 지으면서도, 믿음직스럽게 고개를 끄덕였다.

재빠르게 교통 카드를 찍고 개찰구를 통과하자, 출발을 알리는 벨 소리가 울렸다. 바로 앞에 정차해 있던 열차였다. 우리는 그 열차에 뛰어올랐다. 남자들도 뒤쫓아왔다. 차가 있으니 개찰구에서 조금은 망설일 것으로 생각했지만, 주저 없이 열차에 올라타려고 했다.

'털커덕.'

간발의 차이로 문이 닫히고, 남자들을 남겨 둔 채 열차가 달리기 시작했다.

"아, 살았다."

포요는 가슴을 위아래로 크게 들썩거리며 말하더니, 출

입문 앞에 주저앉아 버렸다.

"일단 의자에 가서 앉자."

"아, 응."

팔을 잡아 일으킨 뒤, 함께 빈자리를 찾아보았다.

"있잖아, 그 사람들 이제 안 쫓아오겠지?"

포요는 겁먹은 목소리로 내 귀에 속삭였다.

"그건 기대하기 힘들 것 같아. 분명 계속 쫓아올 거야. GPS로 금방 찾을 수 있을 테니까."

"헉, 정말?"

"차를 버리면서까지 쫓아왔어. 쉽게 포기 안 할 거야."

셋이 나란히 앉을 수 있는 자리를 찾지 못해 어쩔 수 없이 문 근처에 서 있기로 했다.

"그런데 지금 어느 방향으로 가고 있지?"

내가 물으니, 테츠가 배낭을 내려놓고, 두꺼운 책자를 꺼냈다. 열차 시간표였다. 이상한 소리를 내던 무의 상태도 신경 쓰였지만 확인할 수는 없었다. 익숙한 손길로 지도가 실린 페이지를 펼쳐서 보여 주었다.

"오사카로 다시 돌아가고 있네?"

테츠가 고개를 끄덕였다.

"오사카라면 사람도 많으니까, 따돌릴 만하지 않을까?"

포요는 기대하듯 나를 쳐다보았다.

"뭐, 그럴 수도 있겠네."

그들은 상당히 수상했다. 두 사람 모두 비슷한 정장을 입고, 한 명은 선글라스까지 끼고 있었다. 심지어 말도 없이 아이를 다짜고짜 쫓아오기까지 했다. 그들을 보고 나니, '로보&미'라는 회사에 대한 불신이 가득해졌다.

그 사이 열차는 오사카역에 도착했다.

개찰구 밖으로 나와 걷다 보니, 광장 같은 곳이 나왔다. 천장까지는 빌딩의 몇 층 높이일까? 중간층은 천장 없이 훤히 트여 있었고, 매우 높았다. 오가는 사람들도 굉장히 많아 역 안에서 미아가 될 것만 같았다.

우리는 우선 테츠네 아빠에게 장소를 옮긴 사실을 전하려고 했다. 하지만 이번에도 공중전화를 찾기 힘들었다. 이러다간 아저씨를 만나기 전에 그 사람들에게 잡힐 것 같았다.

어쩔 수 없다. 이번에는 이 방법 말고 다른 효과적인 방법은 떠오르지 않았다.

나는 멈춰 서 두 사람을 똑바로 보고 빠르게 설득했다.

"일단 무를 물품 보관함에 넣자."

물론 반발은 각오하고 있었다.

내 제안을 듣자마자, 두 사람 모두 눈을 크게 떴다.

"무슨 말이야, 그게!"

"아무래도 떨어뜨렸을 때, GPS 기능이 되살아난 것 같아. 그렇다면 아무리 도망쳐도 잡힐 거야. 그러니까 한시라도 빨리 물품 보관함에 넣는 게 좋을 것 같아."

두 사람은 강하게 반대했다.

'대체 그럼 어떻게 해야 하는데?'

나도 넣지 않고 해결할 수 있다면 그렇게 하고 싶다.

"시간을 벌자는 거야. 아저씨를 만나고 데리러 오면 돼."

그렇게 말하며 걷다 보니 곧 물품 보관함이 보였다. 나는 빈 사물함에 다가가 재빨리 문을 열었다.

안은 차갑고 어두웠다. 문을 닫으면 완전히 깜깜해질 거다. 무가 세이브 모드로 전환되어 차분하게 있어 주면 다행이지만, 고장 난 상태라 발작을 일으킬지도 모른다. 그렇게 생각하니 나도 행동으로 옮길 수 없었다. 논리적으로 생각하면 넣을 수밖에 없지만.

테츠가 배낭을 내려놓았다. 그리고 메모장을 꺼내 샤프로 글자를 적었다.

'역시, 아빠, 오지 않을 것 같아.'

나는 마음을 담아 호소했다.

"그렇지 않다니까."

'갑자기 그런 말을 들어서 곤란해하는 느낌이었지? 굳이 40분이 지나도……라고 말한 건, 못 올 수도 있다는 뜻일 거야. 만약 오셨어도, 우리가 없어 화내며 돌아갔을 거야.'

"테츠네 아빠는 네 생각만큼 차가운 사람이 아니라니까."

그러자 포요가 날카로운 목소리로 나에게 쏘아붙였다.

"하지만 만나 본 적도 없잖아."

'아, 정말! 또 그 얘기!'

아저씨가 오지 않는다면 이 계획은 끝이다. 아니, 무조건 와 주실 거다. 그러니 일단 숨긴 뒤에 연락을 해야 한다. 하지만 무를 사물함에 넣는 건 아무래도 좀……. 그때 갑자기 떠올랐다. GPS 신호만 차단시키면 된다!

"좋은 생각이 났어!"

"어?"

"알루미늄 포일로 감싸는 거야."

휴대전화를 알루미늄 포일로 감싸면 GPS 신호를 차단시킬 수 있다는 말을 듣고 실험해 본 적이 있다. 무한테도 분명 효과가 있을 거다. 결국 물품 보관함에는 넣지 않기로 했다.

역 안에 있는 큰 편의점에서 알루미늄 포일을 샀다. 우리는 통로 구석으로 가 무를 에워싼 뒤, 서둘러 포일을 감았다.

"자, 이제 전화하러 가자."

하지만 도무지 공중전화를 찾을 수가 없었다. 마치 세상에서 사라져 버린 것만 같았다.

한참을 돌아다니던 중, 테츠가 내 팔을 잡으며 무슨 말이 하고 싶다는 표정을 지었다.

"왜?"

메모를 보니, 이렇게 적혀 있었다.

'이 근처에서 만날 만한 장소가 생각났어.'

"무슨 말이야?"

'전에 아빠한테 가고 싶다고 부탁했던 곳.'

"생일에 부탁했는데 거절당한 곳? 거기가 오사카였어?"

테츠가 고개를 끄덕였다. 꽤 괜찮은 생각일지도 모른다.

'우메다.'

우메다는 오사카역 주변의 넓은 번화가다.

"우메다 어디?"

테츠는 다시 빠르게 글자를 적었다.

'한큐의 오사카 우메다역.'

거기라면 가 본 적이 있다. 한큐 열차의 기점역*이다. 히메지에 살 때 아빠의 회사 동료가 열차를 좋아하지 않아도 한 번쯤 볼만하다고 추천해 줘서 들렀던 곳이다.

"알겠어. 그럼 전화로……."

그러자 포요가 팔을 쭉 뻗으며 외쳤다.

"저기! 전화!"

벽 쪽에 공중전화가 보였다. 딱 이 타이밍에 발견하다니! 급하게 달려가, 이번에는 내가 전화를 걸었다. 꽤 긴 통화 연결음이 들리다, 겨우 연결되었다.

"아, 저, 자이젠입니다. 그게 저희가 지금 우메다에⋯⋯."

말하는 도중에 잡음이 점점 심해지더니 갑자기 뚝 끊어져 버렸다. 전파 상태가 좋지 않은 것 같았다. 여러 번 다시 걸어 보았지만, 그 후에는 도무지 연결되지 않았다. '우메다'라는 말을 들었을지도 확실하지 않다. 다시 생각해 보니 연결이 되긴 했지만 아저씨의 목소리는 전혀 듣지 못했다.

'우메다'라는 말을 들었어도, 그걸로 만날 장소가 전달됐을지 불안했다.

"혹시나 해서 물어보는 건데. 전에 우메다에 가고 싶다고 부탁했을 때, 우메다역에 가고 싶다고 얘기한 거 맞지?"

하지만 테츠는 괴로운 표정으로 고개를 저었고, 샤프를 움직였다.

'우메다에 가고 싶다고만 얘기했어. 우메다라고만 들으면,

기점역 열차가 출발하는 역.

역이라고 생각 못 할 수도 있어. 우메다 지역에는 역이 JR도 있고, 한큐랑 한신도 있고, 지하철도 있어.'

"그렇구나……."

결국 '우메다'라는 말을 들었다 해도 테츠가 열차를, 특히 한큐 전차의 열차를 좋아한다는 걸 모른다면, 아저씨는 한큐의 오사카 우메다역이라는 것을 추측하기 어려울 것이다.

나는 테츠가 열차를 좋아한다는 걸 아저씨가 알고 있다고 믿는다. 다만 한큐의 오사카 우메다역이라는 것까지 눈치채실까…….

"기대해 보는 수밖에!"

"진짜 거기서 기다려도 괜찮을까?"

포요는 걱정스러운 듯 표정이 어두워졌다. 나는 다시 논리적으로 설득을 시도했다.

"우리 아빠는 열차에 별로 관심이 없어. 하지만 한큐의 우메다역에 갔을 때 엄청 감탄하셨어. 그 정도로 꽤 볼만한 역이야. 테츠네 아빠는 분명 거기로 와 주실 거야."

움직이지 않는 두 사람을 한 번 더 밀어붙였다.

"망설이고 있지만 말고, 일단 출발하자!"

미궁 속으로

지금부터가 정말 힘들다는 걸 우리는 아직 깨닫지 못했다. 나중에 알게 되었지만, 우메다역 일대는 '우메다 던전'이라고 불릴 정도로 매우 복잡하게 얽혀 있었다.

JR역 내부를 조금 돌아다녔을 뿐인데, 금세 어디가 어디인지 헷갈렸다.

"사람들에게 물어보는 게 좋겠어."

나는 아무나 붙잡고 한큐의 오사카 우메다역으로 가는 길을 물어보았다.

관광객이 많아서인지 잘 모르겠다고 대답하는 사람이 많았다. 그래서 평상복을 입은 아주머니에게 물어보았더니 친절하게 알려 주었다.

"저쪽으로 쭉 가다가 음…… 카페에서 오른쪽으로 돌면
돼."

카페라고는 했지만, 어느 카페인지 알 수가 없었다.

다른 아주머니에게 물어보았다.

"'미도스지 출구' 쪽이야."

애초에 거기까지 어떻게 가야 하는지 몰랐다.

"휴대전화 지도를 보고 찾아가면 될 텐데."

심지어 이렇게 알려 주는 사람도 있었다.

"휴대전화가 없거든요."

"그렇구나. 그럼 좀 어려울 텐데. 여기 엄청 복잡하거든.
일단 저쪽으로 가서 다시 물어보렴."

그렇게 말하며 팔을 뻗어 가리켰다.

다음에 만난 아주머니는 우리가 말을 걸자마자 얼굴을
찡그렸다.

"너희들 가출한 거 아니니?"

얼굴을 자세히 보지 않고 말을 걸었는데 다시 살펴보니
사람을 의심하는 듯한 흐린 눈을 하고 있었다. 미간에 주름
도 가득했다. 그 마녀 같은 얼굴로 우리 셋을 '어떻게 요리
해 줄까' 하고 고민하듯 훑어보았다.

포요가 혼신의 연기로 시치미를 뗐다.

"아니요. 이모를 만나기로 했는데 길을 잃어서요."

"그럼 전화해서 물어보면 되잖아."

"그게…… 여러 번 걸어도 연결이 안 돼서요."

"정말?"

그 사람은 미간을 더욱 찌푸리며, 한 걸음 다가왔다.

"그럼 파출소로 가자."

그러면서 포요의 팔을 세게 잡았다.

"네? 아, 괜찮습니다."

"왜, 파출소에 가면 안 되는 이유라도 있어?"

"아, 아니요. 근데 그렇게 잡아당기지 말아 주세요."

아주머니는 마치 한번 물면 놓지 않는 자라처럼 계속해서 끌고 갔다.

몇 살일까? 나이가 꽤 들어 보이는데, 이렇게나 힘이 세다니.

포요는 애타는 눈빛으로 도움을 요청했다.

"아!"

나는 필사적으로 크게 외쳤다. 나도 모르게 목소리가 뒤집어졌다.

"왜 그래?"

"저기, 이모가 계세요. 보세요, 손을 흔들고 계시잖아요."

"어디?"

그 사람은 멈춰서서 내가 팔을 뻗은 방향을 바라보았다. 정신이 팔린 틈을 타 포요가 팔을 뿌리치고 달렸다. 물론 우리도.

인파 속을 무작정 달렸다. 아주머니가 쫓아오지 않는지 곁눈질로 확인하며 오른쪽으로 꺾고, 왼쪽으로 꺾고…….

"이제, 괜찮, 겠지?"

조금 트인 곳에 멈춰서서 숨을 가다듬었다. 포요와 테츠도 거칠게 숨을 헐떡였다.

"근데 더, 헷갈리게, 돼 버렸네."

"응, 역시 밖에 나가서 찾는 게 나으려나?"

근처에 있는 출구를 찾아 지하에서 지상으로 나갔다.

여전히 비가 내리고 있었다. 바깥에도 역시 사람이 많았다. 게다가 우산을 쓰고 있어서 도저히 길을 물어볼 수 없는 상황이었다. 결국 바로 포기하고 지하로 돌아갔다.

"자이젠은 가 본 적 있으니까 찾을 수 있을 거야."

하지만 그때도 꽤 헤매다가 겨우 도착했었다.

"표지판을 보면서 걷자."

여섯 개의 눈으로 찾으면 금방 보이겠지. 천장에 걸린 안내 표시, 벽에 붙어 있는 지하상가의 지도 하나하나를 확인하며 걸었다.

드디어 한자로 '미도스지 출구'라고 적힌 간판을 발견했다.

"이거 '미도스지 출구'라고 읽는 거 맞지?"

포요가 테츠에게 확인하자, 테츠가 고개를 끄덕였다.

"그럼 여기로 나가면 되겠네?"

포요가 바로 출구로 나가려 할 때 내가 다급히 붙잡았다.

"여기로 나가라고 하진 않았잖아."

가까워진 건 분명했다. 주위를 둘러보니, '우메다'라고 적힌 간판이 보였고, 그쪽을 향해 걸어갔다.

그러자 이번에는 테츠가 우리를 붙잡았다.

"응? 왜?"

사람들을 피해 지하상가 구석으로 자리를 옮겨서 메모지를 펼쳤다. 테츠는 겨우 샤프를 움직일 수 있었다.

''우메다'는 지하철. '오사카 우메다'가 한큐랑 한신.'

"복잡하네."

이제 포기하려는데, 갑자기 테츠가 달리기 시작했다.

"어? 저쪽인가?"

나와 포요는 깜짝 놀라 테츠를 따라갔다.

"'한큐 전차 타는 곳'이라고 쓰여 있어!"

포요가 기뻐하며 외쳤다.

'맞아. 전에도 이 무빙워크 통과한 적 있어.'

마침내 기쁜 마음으로 에스컬레이터를 타고 올라갔다.

"아!"

줄지어 선 개찰구가 대략 마흔 개. 맞다, 여기다.

"말도 안 돼……."

포요는 입을 떡 벌렸고, 테츠는 감격했는지 멍한 표정을 지었다.

오랜만에 봐도 압도적이었다. 시야에 가득 늘어선 개찰구. 도망 중인 것도 잊은 채, 우리 모두 넋을 놓고 바라보았다.

개찰구 안으로 들어가니, 아주 넓은 승강장이 있었다.

여기는 출발역이기 때문에 선로가 모두 이곳에서 끝난다. 세어 보니 아홉 개의 선로가 가로로 줄지어 있었다.

음악이 들리더니, 열차 세 대가 동시에 출발했다.

"마룬색이네."

테츠가 바로 고개를 끄덕였다. 드디어 꿈이 아니라는 걸 실감했는지, 서서히 미소가 번졌다.

그때, 시야 끝에 있어서는 안 되는 검은 정장과 선글라스가 보였다.

테츠의 배낭을 살펴보니 무가 움직였는지, 팔 일부가 배낭 밖으로 튀어나왔고, 알루미늄 포일이 벗겨졌다!

"쫓아왔어!"

꿈 속에 빠져 있는 듯한 테츠와 멍하게 서 있는 포요의 어깨를 두드린 뒤 개찰구를 통해 들어온 남자들에게 들키지 않고 숨을 만한 곳을 찾아보았다.

열차 뒤에 숨는다 해도 금방 출발해 버릴 테고…… 완전히 숨을 수 있는 곳은 어디에도 없었다.

그때 비슷한 정장을 입은 남자 두 명이 더 나타났다. 총네 명이 우리를 사방으로 둘러싸더니, 고기를 잡을 때처럼 그물망 입구를 조이듯 우리를 계속해서 몰아넣었다. 옆으로 슬쩍 도망치려고 하면 곧바로 누군가가 그쪽으로 이동하며 거리를 좁혔다. 상황은 점점 더 악화되어 갔다. 승강장 끝은 막다른 길이다. 그곳을 피하려면 개찰구 근처의 넓은 공간 말고는 도망칠 곳이 없었다.

나는 옆에 있는 두 사람에게 속삭였다.

"잘 들어. 빠르게 흩어져서 각자 개찰구 밖으로 나가. 그리고 에스컬레이터를 타고 내려가서, 일단 쭉 달리는 거야."

두 사람도 이제는 따로 흩어져서 도망쳐야 한다는 걸 아는 것 같았다. 아무 말 없이, 눈짓으로 동의했다.

"지금이야."

갑자기 달리자 상대방도 예측하지 못했는지 잠시 움직임

을 멈췄다. 하지만 역시 곧바로 세 방향으로 갈라져서 쫓아 왔다. 급하게 방향을 틀었더니, 나란히 달리던 포요와 테츠가 보였다. 잡히기 직전이었다. 포요가 테츠의 배낭을 빼앗아 배에 안고 바닥에 엎드렸다.

"오지 마!"

포요는 목이 터져라 크게 소리쳤다. 테츠도 곧바로 무를 지키기 위해 옆에 엎드렸다.

"이게 무슨 어리석은 짓이야!"

한 남자가 소리쳤다.

"이 사람들이 우리를 끌고 가려고 해요! 도와주세요!"

나는 도망치며 두 사람을 살폈다.

몇몇 사람들이 발걸음을 멈추고, 무슨 일인지 궁금해했다. 그러나 남자들은 사람들의 시선에도 아랑곳하지 않고, 테츠를 팔에 끼워 안고, 포요를 강제로 바닥에서 떼어 내려고 했다.

나는 테츠를 붙잡은 남자에게 있는 힘껏 태클을 걸었다. 팔에서 미끄러져 떨어진 테츠를 붙잡아 다시 포요 옆에 엎드리게 했고, 포요와 테츠를 몸으로 덮었다.

"오지 마!"

나도 소리를 질렀다. 사람들이 점점 더 모여들었다.

"무슨 일이지?"

"위험한 사람들 같은데?"

"초등학생이 쫓기고 있어."

그런 말이 들리자, 남자들은 주변에 모여든 사람들에게 상황을 설명하기 시작했다.

"저희는 로보&미 회사 직원들입니다. TV 광고로 안내드렸던 로봇을 회수하는 중입니다."

사원증을 꺼내 높이 들어 보였다. 주변을 둘러싼 사람들도 이미 알고 있는 이야기였기에, 상황이 어떻게 진행될지 지켜볼 수밖에 없는 것 같았다.

나는 살면서 한 번도 내 본 적 없는, 아주 큰 목소리를 배 속 깊은 곳에서부터 끌어 올렸다.

"들어 주세요! 이 로봇은 그냥 로봇이 아니에요. 마음을 가진 로봇이에요! 강제로 데려가려고 해요! 이 로봇은…… 우리 친구예요!"

큰 소리로 외치니 목이 바짝 말라 버렸다. 남자들은 일단 행동을 멈추었다.

"힘내라!"

"초등학생을 괴롭히지 마!"

그때, 응원의 목소리가 들려왔다.

상황이 불리해졌다고 생각했는지, 로보&미 회사 직원이 다시 한번 "여러분 들어 주세요!"라고 외치다 갑자기 말을 멈췄다. 돌아보니 근처에 경찰관 두 명이 서 있었다.

"자, 얘기 들어 줄 테니 다 같이 가실까요?"

이제 다 끝이다. 우리는 체념하며 천천히 일어섰다. 네 남자는 안도의 한숨을 쉬며 가슴을 쓸어내렸다.

"잠시만요!"

그런데 그때, 성큼성큼 다가오는 사람의 형체가 보였다. 파란 작업복을 입고 있는, 키가 상당히 크고 체격이 좋은 남자였다.

"그, 아이들…… 제 아들과, 친구들입니다."

숨을 헐떡이며 겨우 말했다.

'아. 잘 찾아와 주셨구나…….'

테츠는 어깨가 들썩거릴 정도로 숨을 거칠게 쉬며, 심하게 흥분했다. 평소에는 움직임이 없던 얼굴이 엉망으로 일그러졌다.

로보&미 회사

우리는 개찰구 밖으로 나와, 가까운 경찰서로 끌려갔다. 회의실처럼 긴 탁자 하나만 있는 방에서 이야기를 들었다.

테츠네 아빠는 곱슬머리에, 눈매가 유난히 날카로웠다.

첫인상이 상당히 무서워서 테츠가 겁을 먹는 게 이해가 되었다.

포요와 테츠는 아저씨를 보자마자 안도했는지 풍선의 공기가 빠지듯 힘이 빠진 상태였다. 아무래도 설명은 내가 거의 하게 될 것 같다. 전화는 서툴지만 얼굴을 보고 대화하는 거라면 어른이라도 어떻게든 되겠지. 논리적으로 말하는 건 자신 있으니까.

'추적자'를 닮은 로보&미 회사 직원 네 명은 이렇게 가까이에서 보니 대학생같이 젊었다. 짙은 선글라스를 쓴 사람은 눈 주위에 멍이 들어 있었다. 아마 선글라스는 그걸 가리는 용도였나 보다. 정장이 몸에 잘 맞지 않는 듯 보였고, 스니커즈를 신은 사람도 있었다. 어딘가 어색해 보였다.

경찰관들이 상황을 묻자 로보&미 회사 직원이 찾고 있던 로봇을 회수하는 중이었다고 말했다. 두 경찰관은 각각 책상의 양쪽 끝에 앉아 메모를 했다.

"회수요? 좀 더 자세히 설명해 주시겠어요?"

그렇게 말하며 우리를 힐끗 쳐다보았다. 덕분에 숨도 편히 쉴 수 없었다.

로보&미 회사 직원은 무릎 책상 위에 올려놓고, 그동안의 경위에 대해 더 자세히 설명했다. 이제 우리는 벌을 받게 될까? 몸이 멈추지 않고 떨렸다.

갑자기 테츠네 아빠가 이마를 긴 책상에 대고, 두 손을 옆에 놓았다.

"정말 죄송합니다. 제가 이제야 알았네요. 사정도 모르고 와 달라는 부탁만 듣고 왔습니다. 나중에 제대로 혼내겠습니다."

아저씨가 그렇게까지 하는데, 그냥 보고 있을 수만은 없었다. 나는 포요와 테츠에게 눈짓을 한 뒤, 함께 머리를 숙였다.

그러자 네 사람 중 눈가에 점이 있는 남자를 다른 세 사람이 쿡쿡 찔러, 대표로 내세웠다.

"어? 나?"

점 아저씨는 당황하며 두리번거렸지만, 결국 체념한 듯, 허리를 살짝 펴고 테츠네 아빠를 보았다.

"아버님, 고개 드세요."

"아닙니다."

"제보를 받고 사장님의 지시에 따라 저희도 쫓은 겁니다. 아버님은 전혀 모르셨잖아요."

그럼에도 테츠네 아빠는 죄송하다며 쉽게 고개를 들지 못했다. 덕분에 우리도 오랫동안 고개를 숙이고 있었다.

"그나저나."

테츠네 아빠가 날카로운 시선을 우리에게 돌렸다.

"TV로 광고를 내보낸 것 같은데, 왜 바로 연락하지 않았니?"

그 말을 듣자, 테츠는 거북이처럼 고개가 바짝 움츠러들었다. 등에 힘을 주고, 몸을 바들바들 떨었다. 포요도 고개를 숙인 채, 아저씨와 눈을 마주치려 하지 않았다. 이건 내가 전할 수밖에 없다. 배에 힘을 주었다.

"그게요, 저희가 로봇을 주운 건 광고에서 소식을 듣기 훨씬 전이었어요. 분실물인지 버려진 건지 알 수 없어 일단 키우고 있었어요. 그런 상황에 횡령죄와 징역형이라는 말을 들으니 겁이 났어요. 광고로 상황을 알게 되었지만, 왜 이제 와서 찾는지 의문이 들었어요. 신뢰할 수 없다고 생각한 것도 이유 중 하나예요. 게다가 로봇을 열심히 돌보다 보니 무와 정이 들었어요."

거기까지 얘기하자, 포요가 천천히 고개를 들고 단호한 표정으로 말했다.

"사실은…… 처음에 자이젠이 몇 번이나 경찰에 신고하자고 했어요. 그런데 제가 무와 헤어지고 싶지 않아서……. 그러니까 제 잘못이에요."

'아…… 포요는 저렇게 당당하게…….'

가슴이 쿵쾅거렸다. 여기서 내 잘못을 분명히 인정하지 않으면, 나는 비겁한 사람이 된다.

눈을 감고 심호흡을 한 번 하고 드디어 가슴에 쌓인 쓰린 감정을 털어놓았다.

"그러니까 저는…… 처음에 경찰에 신고하라고 했던 건 맞습니다. 하지만…… 처음 집에 데려갔을 때, 구조를 너무 살펴보고 싶어서 분해했습니다. 그러다 끊어질 것 같은 선이 생겨 버렸고, 어딘가의 나사도 하나 떨어져서 원래대로 돌려놓을 수 없었어요. 그래서 더 무서워졌고 도저히 말할 수가 없었습니다."

드디어 말했다.

"죄송합니다."

책상에 이마를 찰싹 붙이며 사과했다. 사과한다고 용서 받을 수 있는 건 아니었다. 계속 고개를 숙이고 있을 수밖에 없었다.

그러자 포요가 말했다.

"저도 사과드립니다."

이어 테츠도 몸을 더욱 움츠리며 고개를 숙였다.

대단한 녀석들이다. 나 자신이 한심했고, 두 사람의 열정이 가슴 깊이 와닿았다.

잠시 침묵이 흘렀다. 그 일분일초가 견딜 수 없이 길고 고통스러웠다. 어떻게 될까? 이대로 체포되는 걸까?

"너는 그러니까……"

누군가 말을 걸었다. 천천히 고개를 들자, 점 아저씨 옆에 있는, 눈썹이 또렷한 사람이었다.

"주운 뒤 얼마 지나지 않았을 때 분해해 봤다고?"

"네."

"그럼, 그때 만약 우리 회사의 로봇이라는 걸 알고 있었다면 어땠을 것 같니? 그래도 똑같이 분해했을까?"

"그건……."

곰곰이 생각해 보았다. 주인이 누군지 알면서도 유혹을 이기지 못했을까?

"잃어버린 물건이고, 주인을 알았다면, 당연히 하지 않았을 거예요."

"그렇다면, 이 경우는 사장님이 말한 '혐의 없음'으로 봐도 되겠죠?"

또렷한 눈썹 아저씨가 주변 사람들에게 확인했다. 모두가 제각기 고개를 끄덕였다.

"무사히 회수하는 게 최우선. 아이가 주웠다면 배려를, 이라고 하셨거든."

"우리 엔지니어들이 갖고 있는 분해병이랑 비슷하잖아."

이 대화로 분위기가 한층 부드러워졌고, 점 아저씨가 사장님에게 전화를 걸어 허락을 받았다.

나는 이 사람들과 통하는 점이 있다고 느껴, 다시 한번 눈앞의 사람들을 살펴보았다.

"그래서 너는 이 로봇을 어떻게 생각하니?"

이번에도 점 아저씨였다.

"처음에는 대화도 안 통하고 '도대체 이 로봇은 뭐지?'라고 생각했어요."

고개를 끄덕이는 사람도 있었다.

"하지만 나중에는 로봇이 논리적인 사고를 할 수 있다는 걸 알게 되었고, 저와 비슷한 사고 회로를 가지고 있다는 것도 알게 되었어요. 대화를 나누다 보니 재미있었어요."

점 아저씨가 '푸핫' 하고 웃더니, 옆에 있는 또렷한 눈썹 아저씨의 어깨를 가볍게 쳤다.

"로봇, 성공인 것 같은데?"

경직되어 있던 네 사람의 표정이 한층 더 부드러워졌다. 선글라스 아저씨가 '나였어도 그런 게 떨어져 있으면, 주워서 숨겼을 거야'라고 말하며, 거침없이 웃었다.

그 이후에는 좀 더 구체적이고 다양한 질문을 하기 시작했다.

"계속 셋이 숨기고 있었던 거니?"

"네. 아, 얘는 무라고 부르고 있어요."

포요가 대답했다. 어깨의 힘이 많이 풀린 것 같았다.

"오, 멋진 이름을 지어 주었구나."

포요는 전원을 꺼야 할지 의견이 갈렸던 일, 학교에서 도망쳐서 큰일 났던 일, 무의 상태, 점점 더 많은 것을 할 수 없게 되어 무가 힘들어했던 일 등을 전했다. 테츠네 아빠를 포함한 어른들은 모두 '그런 일이 있었어?'라며 놀라워했다.

"정말 소중히 키워 주었구나. 마땅히 '키우는 로봇'으로서의 역할을 다한 것 같아 기뻐."

점 아저씨는 가만히 고개를 끄덕였다.

로봇 키우기. 그게 무가 만들어진 목적 같다.

로봇은 목적 없이 만들어지지 않는다. 일단 이것도 '당연함의 법칙'에 해당하는 것 같기는 하지만…….

"키우고……나서는요?"

나도 모르게 말이 튀어나왔고, 점 아저씨가 웃었다.

"재미있었다고 생각해 주면 그걸로 충분해."

예전의 나였다면 그런 모호한 이유를 비판했겠지만, 이제는 그런 것도 괜찮겠다고 받아들일 수 있다.

"처음에는 3시간마다 우는 설정이라 중간에 포기할 것 같다는 의견도 있었어."

또렷한 눈썹 아저씨가 말했다.

"그 설정에 대해선 그렇게까지 현실성을 고집하지 말고 가끔 우는 정도로만 하자는 의견도 많았어. 하지만 요즘 아이들은 신생아에 대해 잘 모르니까, 그 부분은 꼭 반영해야 한다는 의견도 있었어. 그 점은 다시 검토해 봐야겠네."

그 의견에 다른 사람들도 제각기 찬성했다.

테츠네 아빠는 아까부터 계속 팔짱을 끼고 눈을 감은 채, 조용히 듣고 있었다.

나는 작게 손을 들었다.

"저, 몇 가지 질문을 해도 될까요?"

"그럼."

점 아저씨는 입꼬리를 부드럽게 풀며, 손바닥을 내 쪽으로 향해 주었다.

"우선, 회사가 나가노에 있는 줄 알았는데 생각보다 훨씬 빨리 와서 놀랐어요."

"아."

이 질문은 선글라스 아저씨가 대답했다.

"나가노에는 주로 공장이 있고, 우리는 오사카에서 왔어. 설계하는 연구실과 사무소는 오사카에 있거든."

"그리고 정장이요. 정장을 입고 쫓아와서 더 무서웠어요."

내가 그렇게 말하자, 네 사람은 폭소했다.

"우리도 평소에는 작업복을 입어. 사장님이 밖에 나갈 때는 항상 정장을 착용하라고 하시거든."

"이런 상황에서도 말이야. 안 그래?"

또렷한 눈썹 아저씨가 고개를 끄덕였다.

"한 가지 더 여쭤봐도 될까요?"

"얘기해 보렴."

"왜 잃어버렸다는 사실을 늦게 공지한 거예요?"

"사장님은 바로 공지를 올리고, 경찰에도 연락하라고 야단이었지."

이 질문은 점 아저씨가 설명해 주었다.

"우리는 스스로 돌아올 수 있을지 시험해 보고 싶었어. 그래서 기다려 본 거야."

선글라스 아저씨가 웃으며 말했다.

엔지니어 입장에서는 시험해 보고 싶었을 것이다.

점 아저씨가 진지한 얼굴로 말을 이었다.

"이 로봇과 똑같이 생긴 로봇이 총 3대가 있어. 불안정한 GPS나 여러 가지 문제를 개선한 완전한 시제품이 만들어져서, 이 아이들은 창고에 보관하기로 결정했지."

점 아저씨가 '이 아이들'이라고 말하자, 순식간에 친근감이 더 커졌다. 포요도 테츠도 놓치지 않고, 서로 눈을 마주치며 작게 고개를 끄덕였다.

"다른 짐들과 함께 싣고 고속도로를 빠져나와 일반 도로를 달리고 있을 때쯤 짐이 엎어진 것 같더라고. 제대로 덮개를 씌우지 않았던 모양이야. 어디에 떨어졌는지 알 수가 없었어. 안 그래도 GPS가 불안정한 상태였는데 거의 작동하지 않게 되어 버렸어. 결국 사장님이 그런 광고를 낸 거야."

그게 바로 그 타이밍이었다고 한다.

이어서 포요가 주먹을 꽉 쥐고, 얼굴을 찡그리며 물었다.

"무는, 그러니까…… 죽어 버린 건가요?"

점 아저씨는 포요를 걱정하듯 시선을 아래로 돌렸다.

"좋지 않은 상태인 건 확실해."

"고칠 수 있을까요?"

"해 봐야 알 수 있을 것 같아."

테츠와 포요는 한순간에 침울해졌다. 거의 울기 직전이었다.

나는 마음에 계속 걸렸던 것을 물어보았다.

"무가 불안정한 원인은 두뇌 부분일까요? 그건, 제가 만진 탓일까요? 만약 고친다 해도 지금까지 있었던 일이 전부 초기화되는 건가요?"

두뇌에 해당하는 부분을 그대로 사용한다 해도 어디까지 원상태로 돌려놓을 수 있을지 잘 모르겠다.

"두뇌가 어떤 상태인지 아직 몰라."

"저희는 이제 무와 만날 수 없는…… 건가요?"

점 아저씨는 표정이 어두워지며, 대답을 망설였다.

나는 실험에 대해 이야기하며, 협상해 봐야겠다는 생각이 들었다. 하지만 그때 테츠네 아빠가 강경한 표정으로 입을 열었다.

"착각하고 있는 것 같은데, 이건 이분들 회사의 물건이야."

덕분에 협상은 포기할 수밖에 없었다.

단호한 말투 때문일까, 강한 인상 때문일까? 테츠네 아빠가 어떤 사람인지 여전히 잘 파악되지 않았다.

결국 마지막까지 로보&미 회사 사람들은 만날 수 있다고 말해 주지 않았다.

그들은 차에서 큰 골판지 상자를 가져왔다. 무를 그 완충재가 가득한 상자 안에 조심스럽게 넣었다. 마치 관 속에서 잠을 자는 것 같았다.

이마의 상처, '해냈다!'라며 기뻐하던 모습, 무와 함께 한 날들이 계속해서 떠올랐다. 우리는 흘러내리는 눈물을 멈출 수 없었다.

로보&미 회사 사람들이 떠나고, 테츠네 아빠가 경찰관에게 감사의 인사를 전한 뒤 밖으로 나와서는 아직 눈물자국이 채 마르지 않은 우리에게 말했다.

"너희들 집에는 방금 각각 연락드렸어. 내일 데리러 오실 거다. 1인용 기숙사라 좁긴 하겠지만 오늘 밤은 우리 집에서 자고 가렴."

테츠는 그런 아저씨를 몰래 훔쳐보듯 쳐다보았다.

테츠네 아빠

아저씨는 로보&미 회사 사람들이 사라지자, 조금 긴장이 풀린 듯 보였다. 겉모습은 강해 보이지만, 속은 그렇지 않을 수도 있겠다는 생각이 들었다.

나는 먼저 감사 인사를 전하며 고개를 숙였다.

"와 주셔서, 감사합니다."

"그보다 갑자기 찾아오는 바람에 정말 놀랐어."

그 후에는 아무 말 없이 차를 타고 고베에 있는 기숙사로 이동했다.

1인용 기숙사 방은 우리 집보다 더 좁았고 네 명이 이곳에서 자는 건 힘들어 보였다. 그래도 욕실과 작은 부엌도 있고, 무엇보다 새 건물이라 깨끗했다.

아저씨는 방에 놓인 작고 네모난 테이블에 둘러앉으라고 했다.

"너희들끼리 오다니. 꽤나 모험을 했구나."

그리고 날카로운 시선으로 우리를 한 번씩 쳐다보았다. 테츠도 아닌데, 등골이 오싹해졌다.

"그래도 어쨌든, 상황은 잘 알겠고. 그 회사도 너희 걱정처럼 무서운 곳은 아닌 것 같더구나. 아무튼 여기까지 무사히 와서, 정말 다행이야"

아저씨는 그 말을 한 뒤 시선을 돌렸다. 그리고 '다행이다'라고 몇 번이나 중얼거렸다.

어쩐지 대화가 잘 이어지지 않는 것 같았다. 우리 아빠도 말수가 많은 편이 아니지만, 조금 다른 느낌이었다.

아저씨는 어색한 분위기를 이기지 못한 듯, 익숙하지 않은 손동작으로 차를 내어 주셨다. 테츠와 포요는 익숙하지 않은 장소여서인지, 부끄러워서인지, 아무 말도 하지 않았다. 그래서 내가 말을 꺼냈다.

"그런데 어떻게 한큐의 오사카 우메다역이라는 걸 알고 찾아오셨네요."

아저씨는 흠, 하고 고개를 끄덕였다.

"자식 일이니까, 그 정도는 알 수 있지."

"하지만 테츠도, 아니 류세이도, 포요, 아니 이시이도, 철도 마니아라는 걸 모를 거라고 생각했어요."

아저씨는 눈을 크게 떴다.

"역시 알고…… 계셨죠?"

"당연하지. 오히려 왜 그렇게 생각했는지 모르겠구나."

그러자 계속 입을 굳게 다물고 있던 포요가 테츠를 변호하듯 아저씨에게 말했다.

"그럼 류세이가 열차 타고 놀러 가고 싶다고 했을 때, 왜 거절하셨어요?"

아저씨는 그때 일을 정확하게 기억했다.

"아…… 그때."

그리고 포요와 테츠를 번갈아 쳐다보았다.

"그때는 류세이에게 걱정 끼치고 싶지 않아서 말하지 못했는데, 사실 발가락이 골절돼서 나가기는 조금 무리였어. 겨우 걸을 수 있게 된 상태였거든."

"그러면."

포요가 테츠 대신 불만을 토로했다.

"적어도 '다음에 가자'라든가, 이유를 설명해 주셨으면 좋았잖아요."

아저씨는 솔직하게 고개를 끄덕였다.

"그건…… 그래. 네 말이 맞구나."

그 모습을 보니, 역시 아저씨는 겉모습만큼 무서운 사람이 아니라는 생각이 들었다. 그래서 더 깊이 있는 이야기를 꺼내 보기로 했다. 두 사람은 묻기 어려울 테니까. 분명 이유가 있을 거라고 생각했다.

"둘은 아저씨가 류세이를 소중하게 생각하지 않는 게 아닐지 정말 많이 걱정했어요. 하지만 저는 그렇지 않다고 했어요. 이번 여행은 아저씨가 류세이를 소중하게 생각하는지 확인해 보는 기회이기도 했어요."

아저씨는 입을 크게 벌린 채, 테츠를 빤히 쳐다보았다. 마치 베어 버릴 듯한 시선이었다. 그 덕분에 테츠는 다시 움츠러들고 말았다.

"그렇게 생각하고 있을 줄이야……."

그리고 이번에는 테이블에 양손을 짚고, 머리를 깊게 숙이며 "미안하다"라고 말했다.

"나는…… 아버지가 일찍 돌아가셔서, 기억이 거의 없어. 그래서 아빠가 아들과 어떻게 지내야 하는지 잘 몰라서……."

말끝을 흐리며 끝까지 이야기하지 못했다. 아저씨의 시선은 테츠와 포요에게서 나에게로 옮겨 왔다.

"류세이는 영상통화도 어려워서 얼굴도 제대로 보여 주지 않았어. 그래서 어쩌다 보니 나도 연락을 안 하게 됐네."

아저씨는 그동안의 일들이 떠올랐는지, 시선을 아래로 옮겼다.

"얼마 전에 테츠 엄마와 오랜만에 대화를 나눴는데, 자이젠이라는 친구를 사귄 뒤로, 매일 즐거워 보인다고 하더구나. 이것저것 아는 것도 많고, 정말 재미있는 친구라고. 그렇게 다른 사람에게 관심을 가진 건, 이시이 이후로는 처음이라 어떤 아이인지 궁금했어."

아저씨는 천천히 고개를 들며 나를 보았다.

"혹시 괜찮다면, 너는 왜 내가 류세이를 소중하게 여기고 있다고 생각했는지, 얘기해 줄 수 있겠니?"

나는 2년 연속으로 '마블러스 V'를 선물한 게 깜빡해서가 아니라 철도 마니아인 류세이를 위해 오리지널 열차를 만들 수 있는 프리미엄 버전을 어렵게 구한 거라고 생각했다고 말했다.

아저씨는 작게 여러 번 고개를 끄덕이며 들었지만, 나를 빤히 쳐다보는 날카로운 눈빛에 왠지 마음이 불안했다.

"그렇구나. 너는 다 알아챘구나."

그제야 아저씨가 처음으로 웃었다. 조금 전까지의 무서운 얼굴이 마치 거짓말인 것처럼 순식간에 변했다.

"류세이가 누군가와 얘기하고 싶은지, 벽장에 대고 말하는 연습을 하고 있다는 얘기를 엄마한테 들었을 때는 걱정이 됐었어. 그런데 너와 이야기해 보고 싶었던 것 같구나."

그건 무한테 말을 걸고 있었던 걸까? 아니면 정말 나와 대화하기 위해 연습했던 걸까?

테츠를 바라보자 쑥스러운 듯 시선을 피했다. 그래서 어떤 이유였는지 알 수 없었다.

"그럼, 이야기를 다시 돌려 보면요. 철도 마니아라는 걸 알고 있었다고 해도, 어떻게 한큐의 우메다역이라는 걸 아셨어요?"

아저씨는 미소를 머금으며, 어느덧 어두워진 창밖을 바라보았다.

"류세이가 12색 색연필에 없는 색을 원한 건, 그때가 처음이자 마지막이었거든."

어릴 때, 테츠는 그림 그리기를 매우 좋아했고, 열차도 종종 그렸다고 한다. 어느 날, 꼭 필요한 색이 있다고 해서 화방에 데려갔는데, 무슨 색을 원하는지 알 수 없었다고 한다. 테츠는 그날 일을 전혀 기억하지 못하는 것 같았다.

"물론 같이 사러 갔던 건 테츠 엄마였어. 무슨 색이냐고 물어도 말하기 어려워해서 제대로 알 수 없었어. 그런데 '이런 거'라며 어딘가에서 가져온 한큐 전차 사진을 보여 주어서 알게 됐다고 하더라."

그 말을 듣고 포요와 테츠는 멍해졌다.

"그때부터 알고 계셨군요."

"두 번째 전화는 아마가사키역에 도착한 지 5분 정도 지났을 때 받았어. 역 내부와 주변을 찾아다니던 중이었지. 간신히 '우메다'라는 말을 듣긴 했는데, 전화가 끊겨져 버리더구나."

테츠가 단 한 번 용기를 내서 '열차를 타고 놀러 가고 싶다'고 부탁한 장소가 우메다였다. 우메다라면 한큐 전차. 그리고 한큐라면 이 개찰구밖에 없을 거라고 판단했다고 한다.

정말 논리적으로 사고하는 사람이었다. 나는 단숨에 테츠네 아빠가 마음에 들었다.

"자이젠과 얘기 나눌 수 있어서 좋았어. 정말 재미있는 아이라는 것도 알겠구나."

나는 고개를 저었다.

"하지만 저는 집에서 괴짜 취급을 받아요. 아니, 학교에서도요."

그러자 아저씨가 재밌어하며 '풋' 하고 웃었다.

"이시이는 어떻게 생각하니?"

포요는 나와 테츠를 보더니 씩 웃었다.

"머리가 너무 좋아서 저는 이해가 잘 안 되는 부분도 많고, 조금 특이한 건 사실이에요. 하지만 그런 점이 재미있어요."

아저씨는 '그렇지!'라고 말하며 무릎을 쳤다. 테츠도 어딘가 모르게 웃고 있는 것처럼 보였다.

다음 날, 우리 아빠가 차로 데리러 오셨다. 우리 셋을 함께 데려갈 거라고 하셨다.

아빠는 차 안에서는 아무 말도 하지 않았다. 하지만 집에 도착하자마자 엄마와, 덤으로 누나까지 합세해 크게 화를 냈다.

"대체 어쩔 생각이었던 거니!"

"거짓말을 하다니, 최악이야."

"네가 로봇을 숨겨 두고 있었다니!"

무슨 말을 들어도 크게 신경 쓰이지 않았다. 머릿속은 상자에 담겨 있던 무와, 세 사람의 모험으로 가득 차 있었다. 그리고 걱정해서 이렇게 화를 내는 걸 테니까.

무를 찾았다는 사실은 광고를 통해 알려졌지만, 구체적인 경위는 일절 보도되지 않았다.

그리고 계속된 여름 방학

　대모험을 겪어서 여름 방학이 몽땅 끝나 버린 것 같은 기분이었지만, 방학은 며칠 지나지 않았다.

　포요는 하루가 멀다고, 놀자며 전화했다. 하지만 나는 그때마다 거절했다. 여름 방학은 내가 가장 좋아하는 자유 연구를 마음껏 할 수 있는 소중한 시간이니까. 매년 여름 방학이 시작되기 전에 연구 주제를 정해 왔지만, 올해는 아직도 정하지 못했다. 남은 날짜는 한 달이 채 되지 않았다. 사흘 안에 주제를 정하고, 이틀 안에 실험 계획서를 작성해 엄마에게 설명하고 비용을 받아야만 했다.

　매일 아침 그렇게 생각하고 있지만 아직 한 번도 시동이 걸리지 않았다. 대모험의 자극이 너무 강해서인지, 아직 평범한 일상에 적응하지 못하고 있다.

그리고…… 무가 없어진 뒤, 두 사람과 어떻게 거리를 유지해야 할지, 예전처럼 잘 지낼 수 있을지 조금 불안하기도 했다.

오늘 아침에도 주제를 정하려고 컴퓨터로 이것저것 조사해 보았지만, 머리에 들어오지 않았다.

엄마는 아까부터 계속 옆집 아주머니와 현관 앞에 서서 대화를 나누고 있었다.

누나는 아침부터 동아리 활동을 하러 나갔다. 1학년이면서 주전이 되겠다며, 힘차게 집을 나섰다.

그때, 내 방 바로 아래, 사택의 북쪽 통로에서 큰 소리가 들렸다.

"자아이이제에엔!"

포요다. 제발 그만해. 여기는 사택이야. 근처에 아빠의 동료나 상사가 살고 있는 특수한 환경이라고.

"이웃집에 민폐야!"

나는 창문 밖을 내다보며, 주의를 주었다.

"아! 역시 있었구나!"

포요뿐만 아니라 테츠도 있었다.

"거기로 가도 돼?"

"거기라니. 여긴 왜 온 거야?"

어느새 엄마가 내 뒤에 서 계셨고, 포요에게 지지 않을 정도로 크게 외쳤다.

"괜찮아! 사양하지 말고 편히 올라오렴!"

포요와 테츠는 기다렸다는 듯 낡고 어두운 계단을 뛰어 올라왔다.

"왜 마음대로 그래."

내가 엄마를 노려보자, 엄마는 허리에 두 주먹을 얹고 나를 위압적으로 바라보았다.

"친구들 데려오라고 그렇게 얘기해도 안 데려오니까 그렇지. 드디어 만나겠네. 엄마는 대환영이야!"

잠시 후 현관 초인종 소리에 엄마는 쿵쿵 소리를 내며 달려가 문을 열었다.

"어머나, 코우 친구들이 방문해 주다니! 좁지만, 어서 들어오렴!"

포요와 테츠는 예의 바르게 인사했고 '실례하겠습니다'라고 말하며 안으로 들어왔다.

"아쉽지만 나는 곧 요가 수업에 가야 해. 천천히 놀다 가렴."

엄마는 그렇게 말한 뒤, 곧 밖으로 나갔다.

둘은 신기한 듯 낡은 집 안을 한 바퀴 둘러보았고, 내 방으로 돌아와서 "정말 좁네"라고 감상을 말했다.

"그러니까 오지 말라고."

"하지만 불러도 안 나와 주잖아. 뭐 어때, 친구인데."

친구, 친구, 친구. 엄마도 포요도 너무 쉽게 얘기하는 것 같았다.

하지만 그 말이 기분 나쁘지는 않았다.

"그래서 용건이 뭔데?"

내가 묻자, 포요는 "또 그런다"라고 하며, 어물쩍 대답을 피하더니, 다다미 위에 책상다리를 하고 앉았다. 그 모습을 본 테츠도 조용히 옆에 앉았다. 내가 앉을 수 있는 곳은 책상 의자밖에 없었다.

"그럼 용건이 없으면 오면 안 되는 것 같잖아."

"허!"

어이없어하자, 포요는 갑자기 진지한 표정을 지었다.

"자, 문제입니다. 우리가 여기에 온 목적은 무엇일까요?"

"뭐? 물어보고 싶은 건 나라고."

"그래도 한번 생각해 봐."

"그런 걸 무리한 요구라고 하는 거야."

"그렇게 말하지 말고."

뭐야, 대체. 이러면 자유 연구 주제를 더 정할 수가 없잖아. 그렇게 생각하던 중, 테츠가 포요에게 뭔가를 속삭였다. 몹시 불안해하는 표정이었다.

"응? 뭐라고? 그런 건 제대로 부탁해야 한다고?"

둘의 대화를 보니, 뭔가를 부탁하러 온 모양이다.

그러자 이번에는 테츠가 턱을 살짝 당기고 위를 보며 나를 응시했다. 긴장한 듯 입술이 떨렸고, 뭔가를 말하고 싶어 하는 것 같았다. 나는 의자 위에서 자세를 고쳐 앉고, 조용히 기다렸다.

테츠의 이마에서 땀이 한줄기 흘러내렸다. 입을 여러 번 열었다 닫았다 하며, 힘겹게 숨을 쉬는 소리도 들렸다. 그만하라고 말하려던 찰나, 포요가 내 무릎에 손을 얹고, 고개를 저으며 말렸다.

"자…… 자……"

처음 듣는 테츠의 목소리는 낮고, 숨이 넘어갈 듯한 느낌이었다.

"……유…… 연……"

"………구"

테츠는 그렇게 겨우 말을 끝낸 뒤, 50m를 전력 질주한 것처럼 산소를 찾으며 숨을 몰아쉬었다.

"혹시…… 자유 연구라고 한 거야?"

내가 묻자, 테츠는 눈을 크게 뜨고 고개를 끄덕였다.

"대단해, 텟짱. 말을 했어!"

포요는 테츠의 손을 꼭 잡고, 여러 번 위아래로 흔들었다. 나도 의자에서 내려와 테츠의 어깨를 가볍게 쳤다.

그러자 테츠가 입가에 힘을 풀며, 천천히 미소 지었다.

"맞습니다. 우리는 자이젠이랑 자유 연구를 같이하고 싶어서 부탁하러 왔답니다."

혼란스러운 와중에 포요가 말했고, 마지막에는 테츠와 함께 "같이 해 주세요!"라고 하며, 머리를 숙였다.

"하지만 내가 어떤 걸 연구할지 말도 안 했는데?"

"아, 맞다. 어떤 걸 연구할 거야?"

그렇게 천진난만하게 물어보니, 이번에는 내가 말문이 막혔다.

"어? 말하기 좀 곤란한 주제야? 아니면……."

"아직 못 정했어!"

짜증이 나서 그렇게 대답하자, 포요가 '그렇구나'라고 하며 웃었다.

"뭐야. 아직까지 주제를 못 정한 건 큰 문제라고."

그러자 포요는 고민할 필요가 뭐가 있냐며 웃었다.

"무에 대해 해도 괜찮지 않을까?"

"무로 무슨 연구를 해. 이제 없는데."

내가 말했다.

"우리가 키웠을 때의 일들이라든지. 관찰 일기처럼 쓰면 괜찮지 않을까?"

"내용이 깊어지기 힘들 것 같은데."

"그럼, 로봇은 냄새를 얼마나 인식할 수 있는지라든가. 고장 났을 때 어디를 고쳐야 하는지, 스스로 말할 수 있게 하는 방법 같은 거 말이야."

그래, 맞다. 로봇은 수리가 가능하다면 수명이 무한대가 될 수 있다. 먼 미래까지 살아 있을지도 모르고. 꽤 재미있

을 것 같다.

막혀 있던 머리가 풀리기 시작했다.

그렇게 시간이 순식간에 지나갔고, 내일부터 셋이 함께 연구하기로 했다.

두 사람이 돌아간 뒤, 문득 떠올랐다. 무 없이 두 사람과 잘 지낼 수 있을지 걱정되긴 했다. 하지만 두 사람과 함께 있으면 안심이 되고, 왠지 마음이 편하다.

그 이유는 두 사람이 나를 배려해 주기 때문일 거다. 때로는 예상치 못한 일에 휘말리거나, 이리저리 휘둘리지만, 솔직히 그건 그것대로 나름 재미있다고 생각했다.

여름 방학 중, 등교하는 날이 하루 있다. 등교하자마자 옆자리의 가지타가 '안녕'이라는 인사도 없이, 나를 뚫어지게 쳐다보았다. 역시 가지타가 무슨 생각을 하는지 전혀 알 수가 없다.

"왜?"

"응? 아니야."

"뭔데?"

"뭐랄까. 뭔가…… '아쉽다'는 느낌이 줄어든 것 같달까?"

"뭐?"

"무슨 일 있었어?"

"별로."

"흐음."

대화가 거기서 끊기니 마음이 불안했다. 그러다 갑자기 뭔가가 떠오른 듯 '후훗' 하고 웃었다.

"그런데 말이야. 자이젠도 통화는 잘 못 한다며?"

"그걸 어떻게 알았어?"

내가 묻자 가지타가 대답했다.

"포요한테 들었어. 저녁 먹으러 갔을 때, 무에 관한 얘기랑, 이런저런 얘기를 해 주더라고."

이렇게까지 소문이 날 줄이야. 정말 기가 막힌다.

"내 동생도 통화하는 걸 어려워해. 그래서 어떻게 해야 할지 고민 중이야."

가지타는 마치 엄마처럼 턱을 괴고, 고개를 갸우뚱했다.

"그거…… 사람이 눈에 안 보이니까 불안해서 그런 거 맞지?"

'어때? 아니야?'라고 물어보듯 나를 보았다.

"글쎄."

"자이젠은 설명은 잘하잖아."

"그렇게 말해도……."

"내 생각인데 전화는 상대방의 반응을 확인할 수 없으니까 잘 전달되고 있는지 불안해서 그런 것 같아."

나는 아무 말도 할 수 없었다.

"자이젠은 아마 깨닫지 못하고 있을 텐데, 얼굴을 보고 대화할 때도 의외로 상대방의 반응을 신경 쓰면서 얘기하잖아. 그리고 무 사건으로 여러 가지 일을 겪기도 했고. 그래서 '아쉽다'는 느낌이 줄어든 걸지도 몰라."

언제부터 동생 이야기가 내 이야기로 바뀌어 버렸담!

가지타는 가져온 필기도구를 책상 서랍에 집어넣고, 교실 밖으로 나갔다.

방금 들은 말들을 머릿속에서 정리해 보았다.

어쩌면 가지타식 응원일지도 모른다. 생각해 보면 처음 한숨을 쉬었을 때부터, 나를 지켜보고 있었던 것 같기도 하다. 테츠, 포요와 단절되었을 때도 지금이 바로 사과할 타이밍이라며 '힘내'라고 응원해 주었던 것 같다.

가지타는…… 역시 어른스럽다.

전학생

그렇게 2학기가 되었다. 자리를 바꾸지 않겠다던 가토 선생님이 갑자기 자리를 바꾸겠다고 선언했다.

예전 학급 회의 시간에 한 달에 한 번은 자리를 바꾸고 싶다고 모두가 요구했지만, 시기는 선생님이 정한다며 의견을 전혀 반영해 주지 않았었다. 덕분에 믿기 어렵겠지만 1학기 내내 자리를 바꾼 적이 없었다. 그런데 갑작스러운 자리 바꾸기 선언은 뭐지? 반 전체가 떠들썩해졌다.

"실은 전학생이 왔어요. 여러분은 분명 그 아이 옆에 앉고 싶다고 할 거예요. 그래서 차라리 자리를 바꾸는 게 좋을 것 같았어요."

전학생이라는 말에 모두가 더욱 흥분했다.

지금까지의 전학 경험상 이런 경우라면 보통 반장이나 친구를 잘 챙겨 주는 아이 옆으로 자리를 정하기 마련인데, 도대체 무슨 생각이지?

나는 조금 귀찮았지만, 주변 아이들은 모두 흥분하며 기뻐하는 것 같았다.

한 사람씩 번호가 적힌 제비를 뽑고, 숫자가 무작위로 적힌 좌석 배치도 대로 앉는 방식이었다.

이럴 수가. 맨 뒷자리에 앉게 되어 운이 좋다고 생각했는데, 내 옆이 비었다. 설마 내가 돌봄 담당? 안 돼, 제발.

옆줄이었던 가지타가 너무도 자연스럽게 손을 내밀며 악수를 청했다.

"꽤 재미있었어. 고마워."

그제야 '아, 이제 정말 작별이구나' 하고 실감했다. 뭐지? 어째서 슬픔이 밀려오는 거지.

"돌봄 담당도 힘내!"

나는 아무 말도 할 수 없었고 내민 손조차 잡지 못했다. 가지타는 보조개를 깊게 패며 생긋 웃었고 책상을 들고 바뀐 자리로 이동했다. 그때, 떨어진 가지타의 주황색 지우개를 발견하고 주웠다.

"자, 이제 책상 이동도 끝난 것 같으니, 전학생을 부를게요. 밖에서 계속 기다리고 있거든요."

그리고 로봇이 나타났다.

나는 눈을 의심했다.

'왜? 어떻게?'

외모는 꽤 달랐지만, 어딘가 모르게 무가 떠올랐다. 네모난 블록을 쌓아 올린 듯한 형태 때문일까. 그렇지만 무에 비해 손과 얼굴 모서리가 모두 둥글게 다듬어진 디자인이었고, 팔꿈치와 무릎도 있었다. 크기도 더 커져 키가 책상보다 조금 컸다.

"여러분, 안녕하세요. 저는 성장하는 로봇 무입니다. 오늘의 날씨는…… 하루 종일 맑음. 행운의 아이템은…… 지우개입니다."

포요와 테츠도 굳었다. 나와 마찬가지로 당황해하는 것 같았다.

"그럼, 자리는 저쪽이에요. 어? 로봇 학생 옆이 자이젠이라니. 참으로 묘한 인연이네요."

가토 선생님이 그렇게 말하며 살짝 웃자, 아즈마 무리도 키득대며 웃었다.

로봇은 이어서 말했다.

"제가 가장 중요하게 생각하는 말은 '내가 당하고 싶지 않은 행동은 상대방에게도 하지 않는다'입니다."

진지하게 그렇게 말하자, 선생님과 아즈마 무리는 겸연쩍은 듯 눈을 돌렸다.

틀림없다. 무다! 무의 두뇌는 무사했다. 바뀐 몸에 무의 두뇌를 넣어 준 거야!

내가 포요와 테츠를 보자, 두 사람도 나를 보고 있었다. 작게 엄지손가락을 올려 보였고, 두 사람도 몰래 따라 했다.

무는 내 옆까지 천천히 두 발로 걸어왔다.

"자이젠, 맞나요?"

내가 아무 말도 하지 않고 지켜보자, "잘 부탁합니다"라고 말한 뒤, 고개 숙여 정중히 인사했다. 그리고 어리둥절해하며 고개를 갸우뚱했다.

"혹시 어디서…… 만난 적이…… 있나요?"

"아…… 아니. 처음이야."

나는 무에게 오른손을 내밀었다.

"반가워. 나는 자이젠 코우라고 해"

무도 오른손을 내밀었다. 물론 다섯 손가락이 모두 있는, 전보다는 인간의 손에 가까운 형태였다.

"반가워…… 자이젠."

나는 가지타의 지우개를 보았다. 오늘의 행운 아이템이

265

었다.

세상 모든 일은 때때로 예상치 못한 방향으로 흐르거나, 정해진 법칙을 벗어난다. 하지만 그렇기 때문에 예측할 수 없고, 그만큼 재미있다. 앞으로 즐거운 일들이 펼쳐질 것 같다.